Hanns Dieter Hüsch

Das schwarze Schaf vom Niederrhein

Texte und Lieder vom flachen Land

WILHELM HEYNE VERLAG
MÜNCHEN

HEYNE ALLGEMEINE REIHE
Nr. 01/6639

11. Auflage

Printed in Germany 2000
Umschlagillustration: aktionpress/Lothar Winkler, Hamburg
Umschlaggestaltung: Atelier Ingrid Schütz, München
Gesamtherstellung: Ebner Ulm

ISBN 3-453-02236-X

Inhalt

♪ = Lied

Tach zusammen

Also ich hab mir gedacht
Daß wir dieses Buch mal ganz von vorne anfangen
Ich mach mir ja immer zuerst mal so Gedanken
Wie man son Buch anfangen könnt

Du mußt hab ich mir gesacht das Wesentliche mußte herauskriegen
Dat is ja nich so einfach das Wesentliche
Da versteht ja jeder wieder wat andres drunter
Un dann sind ja auch die Geschmäcker verschieden
Das Temperament is verschieden
Die Kücheneinrichtungen sind verschieden
Die Interessen sind verschieden
Der eine bosselt tagelang an seinem Segelboot erum
De sammelt alte Jazzplatten
Un de interessiert sich wieder für Keramik
Un da sach ich mir dann
Du mußt das alles überhöhen
Alles objektiv überhöhen
Damit de subjektive Kram in den Hintergrund tritt
Dat is an sich gar nix Neues
Dat wird ja überall gemacht
Das Wesentliche überhöhen

Jaa ich würd sagen dann wolln wer mal Stücksken für Stücksken
Mal gucken wie weit wer kommen
Aber dat will ich Ihnen gleich sagen
Wenn Se mal lachen müssen dann lachen Se ruhig
Un wenn Se nich lachen müssen dann lassen Se et sein
Man kann auch nich verlangen dat alle gleichzeitig lachen
Dat hab ich noch nie erlebt
Un Patentlösungen
Die schlagen Se sich ma gleich aussem Kopp
Da fühl ich mich viel zu jung zu
Patentlösungen
Sehnse mal das ganze Leben is doch gewissermaßen auf Fragen aufgebaut
Bis zuletzt
Un am Niederrhein
Also wenn man da so lebt
Oder gelebt hat
Die können einen ja dod un dusselig fragen
Un immer dieselben Fragen
Noch nach Jahren immer dieselben Fragen
Wie zum Beispiel
Hat der eigentlich sein Abitur
So
Ich wußt garnich dat de sein Abitur hatte
Oder
Hat der nich früher immer am Rhein gestanden un de Schiffe gezählt

Oder wenn die Fragen sagen wer mal erzieherisch
gemeint sein sollen
Dann setzen die dort in der Regel noch ein
suggestives Sag mal
An den Anfang der Frage
Sag mal war der nich manchmal hier oben nich so
ganz dicht
Ich wollt doch sagen
Der war doch manchmal hier oben nich so ganz
richtig

Obwohl
Fragen zeigt ja auch eigentlich daß die Menschen in
Gedanken sind
Aber am Niederrhein is man in Gedanken immer
wo anders
Un die stellen auch die Fragen nur weil ihnen in
dem Moment nix
Anderes einfällt
Die Fragen sind also alles gestellte Fragen mehr
oder weniger
Man sacht ja auch darum
Fragen stellen
Aber die können auch ganz gezielt fragen
Mit sonem materiellen Unterton
Sach mal wo is eigentlich die schöne Brosch von
dein Mutter hingekommen
Dat war doch son alte sonne Gemme mit Gold
drumerum
Un die Fragen die sind auch all wieder gestisch bedingt

Die lehnen sich dann meist beim Fragen so zurück
Die Arme so verschränkt
Dat heißt ja eigentlich
Dat se nix von sich hergeben wollen
Dat sind ja all Bauern gewesen früher
Un dann gucken die so un sagen dann
Oder oft sagen se auch nix
Aber wenn se dann wat sagen dann sagen se meistens
Kumma wie der geht
Kumma wie der dasitzt
Wie de wieder angezogen is
Der sieht ja verboten aus
Tach zusammen

Is denn auch bei Ihnen
Lieber Leser
Das Befinden zu Hause
Ich meine
Alles in Ordnung
Man hat ja immer Sorgen wenn man nich zu Haus is
Irgendwat is ja immer
Sehnse mal de Wilhelm Steinschen 1928
De ging abends aus dem Haus
Kirchenchor
Am andern Morgen war et abgebrannt
Dat ganze Anwesen
Übrigens de Sohn von Hein Hupperts
Der macht ja auch so wat wie ich
De macht auch diese wie sagt man
Ich meine in so einem Theaterkeller

Spielt de auch Harmonium
Hat der sich selbst beigebracht
Abendkursus
Un trägt auch so Stücke vor na wie sagt man
Also als Schauspieler natürlich
Der Vater war ja Beamter bei de Kreisbahn lange Zeit
Un de Sohn wird Künstler
Ich meine das war ja vorauszusehn
Die Großeltern hatte ja in Winterswick einen großen
Hof
Ich bin da öfter gewesen
Wir ham ja früher auch Theater gespielt
Vom Kegelclub aus
Wer war all dabei
Hermann Nepix un Fritz Klumpen un Minchen
Mombour
De Bruder war ja bei de Straßenbahn
Un von da aus sind wir ja auch oft nach Duisburg
in de Tonhalle gegangen
Die Theater sind ja später all zusammengebrochen
Da wurden ja die ganzen Musikstücke gespielt un
geprobt
Also erst geprobt un dann gespielt
All die ganzen Sachen
Beethoven un Schumacher un Bruch un Brahms
Die ganze Corona
Ja da waren wer immer so ande 30 bis 40 Mann hoch
Sonntags schon mal ganz bestimmt
Da ham wer auch gesungen
Aber feste

Bei der Gelegenheit sin wer noch auf dem Rückweg
In Meiderich vorbei bei Tante Auguste
Die war da Hebamme
War ja alles nich so modern wie heute
Vom medizinischen Standpunkt aus
Aber
Wir sind doch öfter mit 2 Mark auf de Kirmes
gegangen
2 Mark ja das muß man sich ma vorstellen
Un dann haben wer davon noch 50 Pfennig mit
nach Haus gebracht
Einmal Karussel Berg un Tal
Ein Rollmopsbrötchen
Un dann nach Haus
Un wer haben auch unseren Spaß gehabt
Die Jugend hat ja heut gar kein Spaß mehr hab ich
den Eindruck
Et kann ja keiner mehr einteilen
Wie gewonnen so zerronnen

Meine Großeltern die hatten ja auch ein Tanzzelt
Das war so auf einem Stoppelfeld aufgebaut
Im Sommer
Un da is ja auch schon diese Musik gemacht worden
Nich so wie heute
Aber die Leute haben auch getanzt un geschwitzt
Heut is doch nur noch diese Hopserei
Die meinen ja all
Man könnt ma so durchs Leben hopsen
Hops ich heut nich

Hops ich morgen
Jaa waach mans
Du kömms ok noch ant krusen Bömken
Du kommst auch noch an den krausen Baum
So lernen sich ja auch die meisten kennen
Ma durchs Leben gehopst
Kann ja nich gutgehn
Ich mein man soll sich ja dafür interessieren
Das schon aber
Die meisten Menschen kommen ja gar nich dazu
Eigentlich schad

Sehnse mal
De Gerd Vonderschen der wollte sein Leben lang
    Maler werden
War en ganz einfacher Mann in Ruhrort auf de Fabrik
Un öh der hat da die Tore angestrichen un überhaupt
Dat ganze Werk gestrichen immer wieder gestrichen
Sein ganzes Leben lang gestrichen
Un öh nebenher dann gemalt un modelliert
So Frauengestalten un Tiere
Der war ja mindestens 1,90 groß
Die hatten ja im Grunde auch nur zwei Zimmer
Un abends wurd kein Licht angemacht
Da wurd nach Bett gegangen wie schon gesacht
Von wegen bis in de Nacht aufsitzen
Un Kühle Bierchen
Owes gont so fleuten un singen
Un morgens könne se de Box nich finden
Abends gehen sie flöten und singen

Und morgens können sie die Hose nicht finden
Ich hab noch mehr so Sprüch auf Lager
Mit de Gaffel is mehr Ehr
Mit de Fingersch kriech ma mehr
Mit der Gabel ist mehr Ehr
Mit den Fingern kriegt man mehr

Tach Herr Dingeskirchen

Kennen Se den
Ich weiß gar nicht wie der richtig heißt
Ich kenn den schon seit vier Jahren
Aber ich sach immer Herr Dingeskirchen
Ich weiß auch nich genau wat de macht
Ich hab immer den Eindruck der muß mal bessere
    Zeiten gesehn haben
Die meisten sagen ja dat wär ne verkrachte Existenz
Aber da muß man nix drum geben
Da muß man nix drum geben sach ich immer
Et is ja überall wat
Da könnse hingehn wo Se wollen
Überall
Jetzt haben die Mechmanns endlich en Kind gekriegt
Hüftluxation
Jaa nun sind Sie dran
Un da sagen die immer Gott is in de Natur
Ich weiß ja auch nich wie die Menschen dat all
    verkraften

Ich geh ja kaum noch vor de Tür
Gott ja schon mal um et Haus erum
Aber sonst
Also nach Bangkok kriegten mich kein 10 Pferde
Niche mal nach Italien
Niche mal nach Spanien
Niche mal nach Tunesien
Sie werden dat ja für übertrieben halten
Aber wenn ich de Kirchturm nich mehr seh
Werd ich gleich krank
Ich war mal in Detmold in Ferien
Teutoburger Wald Hermanns-Denkmal un so
Nach zwei Tagen lag ich schon im Bett
Die hatten da son komisch Omelett mit Schinken
gemacht
Seit der Zeit eß ich kein Omelett mehr
Sonntags geh ich ja schon gar nich vor de Tür
Warum auch
De Fritz Grotepass geht sonntags auch nich mehr
vor de Tür
Nie mehr geht de sonntags vor de Tür

Jaa aber ich hab ja de Musik ne
Un da bin ich ja en Glückskind
Da kann ich stundenlang inne Küch sitzen un
Musik hören
Reicht mir reicht mir
Ich will mir ja auch dat Haus mit Efeu zuwachsen
lassen
Bis alles ganz zu is später mal

Un dann kann ich ja Musik hören
Oder auch Musik machen
Je nachdem
Ich hab mal gelesen
Erkenne die Lage
Ich weiß gar nich wie de Schriftsteller heißt
Aber de hat dat geschrieben
Erkenne die Lage
Aber so ungefähr möcht ich dat auch machen
Die Lage erkennen
Die Lage erkennen un dann öh zufrieden sein
Un Tach zusammen sagen
Fenster auf
Un auf un ab gegangen
Un Musik un dann schön ruhig bleiben
Un nachdenken
Im voraus nachdenken
Nich hinterher im voraus
Da bin ich jetzt dran am arbeiten

♪ Wanderlied

Ich wandre immer in Gedanken
Durch mein Niemandsland
Dort liegen alte Hände große Spaten
Späte Grüße im weißen Niemandssand
Dort wachsen blaue Gräser Krüppelbäume
In meinem Niemandssumpf
Dort springen krause Träume in der Frühe übers
    Moor
Dort sitzt der Mond am späten Nachmittag
Schon auf des Milchmanns Rumpf
Dort jagt die Trommel kalt die Bauern aus dem Bett
Und schlägt der Küster wild die Glocken
Singen Knaben sehr lateinisch im Quartett

Ich wandre immer in Gedanken
So durch meine Niemandsstadt
Wo in den Fenstern schon das Moos wächst
Kein Mensch Mitleid hat
Wo auf dem Friedhof sich die Weiden biegen
Und die Astern stinken
Wo manchmal noch drei Kopftuchtanten
Aus der Apotheke winken
Wo gelbes Licht sich eitel Heimat schimpft
Und man die Kinder gegen Außenseiter impft

Halleluja uja uja
Weiß mir ein Blümlein blöde
Das wächst in meinem Herzen
Das blüht in meinem Kopfe
Macht Freude mir und Schmerzen
Ist voller Spott und spröde

Ich wandre nicht durch Birkenhaine und
Zitronengrün
Kein Mensch sieht mich auf Stoppelfeldern und
beim Spatenstich
Ich wandre durch meine Niemandsstadt
Vielmehr sie wandert stets durch mich

Mit ihren Tropfsteinkellern ihren
Zwiebelmusterküchen
Mit ihren kleinkarierten Bettbezügen
Mit ihren Fliegenschränken und Familiensprüchen
Mit ihrem Sonntagsausflug ihren Turnerriegen
Mit ihren konfessionsbewußten Kaffeekränzchen
Mit ihren Oster Pfingst und Erntedankfesttänzchen
Mit ihren Schwänen die nach Zwieback schrein
Mit ihrem Heimat Tier Natur und Schutzverein
Mit ihren eingemachten Bohnen aus dem Faß
Mit ihrem Fleiß die andern zu besiegen
Mit ihrem hausgemachten Haß
Mit ihren Augen die durch Wände fliegen

Halleluja uja uja
Weiß mir ein Blümlein grau

Das zuckt in meinem Herzen
Das klopft in meinem Kopfe
Macht Freude mir und Schmerzen
Und ist mal dumm mal schlau

Es fließt durch mich der Niemandsfluß
Er treibt mich fort da wird kein Halt sein
Er lehrt mich rechnen minus plus und möchte will
und kann und muß
Am Ende wird ein unheimlicher Wald sein
Ein Wald von Sprüchen Zahlen Augen Ohren viele
Hände
Und es wird höllisch kalt sein
Es fließt durch mich ein sinnloses Gelände
Ich werde alt sein
Und alles Wandern hat ein Ende

Halleluja uja uja
Weiß mir ein Blümlein blaß
Das schläft in meinem Herzen
Das stirbt in meinem Kopfe
Bracht Freude mir und Schmerzen
Und lebte nur zum Spaß
Halle lu hu ja

Interzitty

Ick bön de Kerl
de gern Poet wär
aber ich komm höchstens dazu
mir son Butterblum int Knopfloch
zu stecken
damit ich wenigstens
son poetisch Gefühl hab
un vielleicht de verlorene Sohn
von Walt Whitman sein könnt

Aber wehe
wenn Se in sonne Verfassung
in ne Interzitty Zuch geraten
wo all die sortierte Brüder rumlaufen
die so Köfferkes haben
mit son Stahlbeschlach drumerum
un immer so fein genoppte Jacken anhaben
da trau ich mich stundenlang
nich in de Speisesaal
da sitz ich lieber in mein Eck
un eß mir en Stück Schokolad
oder les mein Lieblingsdichter Jessenin
der sich glaub ich erschossen hat
un de eine Schweizer
Robert Walser mit Namen

de verrückt geworden is
oder ich guck et Fenster raus
damit ich all die Gespräche nicht hör
aber ich hör se doch all:

Schröder geht jetzt für 11 000
nach Augsburg
dafür kommt Lindemann nach Bremerhaven
in die ein Zweichstell
die jetzt angekurbelt werden muß
weil Steigerwald ja als Einkaufsleiter
zu Klettmann & Söhne gegangen is
für 9 000 brutto
dat heißt
da muß en länger zurückliegende Absprach
mit Schuster von Süßwaren-Süd
mit im Spiel gewesen sein
sonst wär Schröder ja damals schon gleich
allerdings nur für 8 000
nach Augsburg gegangen
wann können Se denn die Schrauben liefern
dat muß demnächst dann nochmal detailliert
wenn Kremer zurück is aus Wien
besprochen un auf Vordermann gebracht werden
für 12 000 zuzüglich Provision
Empfehlung zu Hause

Ich weiß gar nich
wat dat is
Empfehlung zu Hause

aber dat sagen die immer
wenn se sich verabschieden
Empfehlung zu Hause

Aber auch da
glaub ich
gibbet manchmal Leut
die nich mehr ein noch aus wissen
un dafür dann wertvolle Platten sammeln
un kostbare Bilder un alte Uhren
un all sowatt
oder sich wie de Jessenin aussem Staub machen
oder wie de Robert Walser nach Herisau
in en Heim gehen
weil se en Schraubenschlüssel
schließlich für en Butterblum halten
halten müssen
un umgekehrt

Früher hab ich immer gemeint
ich müßt denen all bös sein

Aber ob et nun all de angelesene Kram is
oder de ganze Wirtschaftsklüngel
wir haben doch all de Ewigkeit im Nacken
un Haß is nich mein Brot

Jaaa
ich bön de Kerl
de gern Poet wär

oder auch nur Literat
dann säß ich immer int Kaffeehaus
wie früher de Jacob van Hoddis
un de Alfred Lichtenstein
de eine wurd ja deportiert
un de andre is ja schon im 1. Weltkrieg gefallen

Ma gucken wer jetz in Mannheim
wieder aussteigt un wieder einsteigt
vielleicht wird dann de Speisewagen
en bißken leerer
un ich kann rasch
en Bier trinken gehn

Niederrheinisch essen

Ich erzähl Ihnen mal alles der Reihe nach also
Obwohl doch alles durcheinander geht
Meistenteils
Wie Kraut un Rüben
Kraut un Rüben: Rübenkraut
Ich eß ja am liebsten alles durcheinander
Auch Spinat is ja Eisen drin
Spinat
De knatsch ich mir mit Kartoffeln un Soß
Einfach durchenander
Möhren mach ich ja weniger
Am liebsten eß ich ja Suppen
Hülsenfrüchte
Da is ja auch alles durchenander drin
Auch Gemüsesuppen
Da laß ich jeden Rehrücken für stehn
Da kann de noch so gespickt sein
Et kommt ja doch alles in einen Magen
Auch das Geistige
Kommt auch alles am Schluß durchenander in einen
  Magen
Dicke Bohnen eß ich ja für mein Leben gern
Un Schnibbelbohnen
Wat ich ja nich mach sind so Milcherzeugnisse
Da können se mich mit jagen

Aber sonst
Wat mach ich sonst nich?
Ja also Kartoffelsalat mit Gurkensalat durchenander
Is auch wat feines
Oder Endivienschlaat mit Kartoffelbrei
Un Speckkrüttsches durchenander
Lecker

Hamse schon Hunger?
Schmierwurst eß ich auch gern
Ich kann au noch um 2 Uhr nachts Kaffee trinken
Macht mir nix aus
Pomm fritz eß ich nich so gern
Bratwurst geht noch so eben
Mit Senf dran is dann schon besser
Fisch eß ich wahnsinnig gern
Also da könnt ich mich für umbringen für Fisch
Egal ob Schellfisch oder wie die Knaben all heißen
Is ganz egal da krich ich mich nich mehr ein
Ich hab zum Beispiel gar kein Verhältnis zu so
    ausgefallenen Sachen
Also so Banane auf indisch geht nich an mich
Ganz komisch
Genauso wie ich ja auch
Keine Hemden mit halbem Arm mach
Oder im Sommer
Hosen mit kurzem Bein
Hab ich kein Verhältnis zu
Aber Linsensuppe wie gesacht können Se mir jeden
    Tach vorsetzen

Aber nich daß Sie nun meinen ich hätt was gegen die
Die nun keine Linsensuppe mögen
Dafür mögen die ja dann wieder wat anderes
Das spielt sich ja alles schon im Mutterleib ab
Da könnse ma fragen gehn
Reibefannekuchen eß ich auch gern
Mit Apfelmus
Un auch Speck oder Wurstfannekuchen
Un Erbsen
Die müssen aber ganz dick un sämig sein
Nich so fein un süß wie die von Sonnen alias
Bassermann
Die feinen Süßen
Dat sind für mich gar keine Erbsen
Dat sind für mich gar keine Erbsen
Dat sind für mich gar keine Erbsen

Da kann ich auch gleich Milchreis essen
Oder Nudelauflauf mit Milch
Hab ich mal vor Jahren bei nem Professor essen
müssen
Vielleicht hatten die auch nix andres
Ich weiß et nich
Aber Nudelauflauf mit Milch
Eine Katastrophe
De ganze Tach war hin
Wie hießen die doch?
Da war ich mit mein Frau einjeladen un de
Schwiegersohn von dem Professor
Mit dem war ich zusammen zur Schule gegangen

De war auch dabei un dessen Frau
Wie hießen die doch?
Öh wie heißt doch de eine Roman von Thomas
Mann de berühmte
De is auch verfilmt worden später
Na jetzt komm ich nich drauf
Aber Nudelauflauf mit Milch
Nie mehr!
Die Bauern früher bei uns
Die taten ja auch in de Milchsupp Kartoffeln rein
Hab ich ein paarmal gesehn
Da werd ich immer ganz weiß um de Nas herum
Das soll man ja nicht das soll man ja erst später

Gern eß ich ja auch nachmittags so Kaffee un Kuchen
Is vielleicht nich so männlich
Aber ein Stück un lecker Kaffee getrunken
Un vielleicht noch ab un zu en Schnäpsken
Kann doch nix schaden is doch nich schlimm

Stört Sie dat wenn ich so schaukel
Müssen Se sagen wenn Sie dat stört
Dat hab ich von früher
Dat hat schon in de Kinderverwahrschul angefangen
Bei Tante Lotte
Die war ja auch in de Reichsfrauenschaft tätig damals
Die hatte ja en Verhältnis mit nem SA-Sturmführer
in de Lessingstraß
Da hat dat schon angefangen
Aber ich kannet auch lassen

Ich kann ja eigentlich sagen wer mal in den
besseren Kreisen
Gar nich verkehren
Denn ich schmatz immer so beim Essen
Furchbar
Mein Tochter sacht immer Vati schling doch nich so
Mir fällt das gar nich auf ich merk das gar nich
Un wennet mir schmeckt schon garnich
Ich hab ja zu den besseren Leuten auch gar keinen
Drang
Die ganze Vorstellerei immer
Et is ja schön wenn man die Formen all beherrscht
Un wenn man se nich beherrscht soll man ja nich
gleich schimpfen
Dat war ja nur die eigene Unsicherheit an anderen
ausgelassen
Aber ich weiß et nich ich weiß et nich
Also ich sachet hier mal ganz öffentlich un nur einmal
Das Gemüt is ausschlaggebend
Alles andere is dumme Quatsch
Un dann sehn Se mal
Ich hab ja schon mit drei Monaten gedacht
Na schön dann laßte mal die Löwen herein
Kurz danach habe ich ja schon de Milchflasch gegen
die Wand geworfen
Tatsache
Et war ja sicher gut gemeint
Aber man kriegt ja immer zu viel oder zu wenig

Ich muß auch nich jeden Tach Fleisch haben muß
ich gar nich
Ich eß auch gern mal en Spiegelei zwischendurch
Aber Hemden mit halbem Arm kann ich auf den
Tod nich ausstehn
Für andere mach das ja praktisch sein
Nix dagegen
Un bei jedem is ja die Temperatur wieder anders
Wenn ich im Zuch sitze
Da kommt dann auch manchmal ein Herr herein
Zieht sich gleich die Jack aus
Reißt sich et Hemd auf
Reißt au noch et Fenster runter un sacht
Mensch ist dat wieder warm heut
Ja wat soll man dazu sagen
Is mir schon xmal passiert
Da muß ich mich mit abfinden
Für mich is ja nur interessant ob nun die Temperatur
das Temperament bestimmt
Oder das Temperament die Temperatur
Wie sehen Sie das?

Ich war ja auch mal in Las Vegas vor Jahren
Da war et auch so heiß all die Lampen da
Aber Erbsensuppe schmeckt ja am besten im Winter
Wenn et so richtig klirrt vor Kälte
Un wenn man draußen so 3 Stunden rumgelaufen is
Un dann in ne warme Baracke kommt
Un dann Erbsensuppe mit Schwarzbrot un Butter
Schad is ja nur

Daß man das meiste Essen nich bei sich behalten kann
De Egon Klostermann de konnt auch zuletz nix mehr bei sich behalten

Ich bin ja auch noch in de Kirch
Da gibbet immer Leut die sagen dann
Wie
Sie sind noch in de Kirch
Hätten wir grade von Ihnen nich angenommen
Ich sach ja nix mehr dazu
Ich sach immer et muß auch en paar Dinge im Leben geben
Wo man nix mehr zu sacht
Am Schluß sacht man sowieso nix mehr
Da ißt man nur noch
Ich könnt jetzt zum Beispiel könnt ich jetzt
Ein schönes Stück Holländer Käse Vollfett oder auch
Son Kamembert der außen schon anfängt braun zu werden
Könnt ich jetzt so essen auf de Faust
Ohne mit de Wimpern zu zucken
Ich mein et brennt mir nich auf den Nägeln
Ich will ja auch immer mal in de Arktis gehen oder in de Antarktis
Wahrscheinlich nur um dann wieder int Warme zu kommen
Das ist ja mit den Jahreszeiten genauso
Als Kind fallen einem die Jahreszeiten ja gar nich so besonders auf

Aber später will ma eigentlich nur noch Frühling
oder Sommer haben
Obwohl de Herbst is ja auch schön
Auch de Winter kann schön sein
Kann muß nich aber kann
Ja un danach geht et ja wieder von vorne los
Die Reihenfolge is ja nun mal festgelegt
Aber so Pullover mit Reißverschluß
Un im Sommer
Die geblümten Hemden mit halbem Arm
Da kann ich de Kretz bei kriegen
Ich mein das gar nich persönlich
Obwohl is mir aufgefallen je mehr man sacht
Dat et nich persönlich gemeint is
Umso mehr meint man et persönlich
Ich sach ja immer
Sage mir was du denkst
Un ich denke mir was du sagst

Am liebsten sin mir ja die Leut die mit sich selbst
sprechen
Da kann ich stundenlang zuhören
Wenn einer so am Tisch sitzt
Die rechte Hand um sein Bier un dann dauernd zu
sich selbst sacht
Hubert dat kannze mit mir nich machen

Et kommt ja immer darauf an
Dat wir uns gegenseitig ernst nehmen
Wenn ich Sie beispielsweise nich ernst nehmen würd

Dann könnten Sie mich ja auch nich ernst nehmen
Besser is ja noch wenn Sie sich nich so ernst nehmen
Dann brauch ich mich auch nich so ernst nehmen
Am allerbesten is ja wenn wir uns alle zusammen
Nich so ernst nehmen
Aber dat is ja dann wieder
Daß wir das nicht so ernst nehmen
Ernst nehmen
Un dat dann wieder nich ernst nehmen
Un dann immer so weiter
Bis
Ja bis dann weiß ich auch nich
Aber Sie wissen wat ich mein
Dat kann man nich jeden Tach
Um Gottes willen
Aber dat müßte de Orgelpunkt sein sach ich immer
De Orgelpunkt
In de Musik sagen die ja Basso continuo
Also wo alles stimmt weil alles nich stimmt
Un doch wieder stimmt
Verstehn Se
Un wenn se et nich verstehn is auch nich schlimm
Dat is ja grad dat Schöne
Dat is die niederrheinische Dialektik

Inne Klavierstund hab ich ja nur die Namen all
behalten
Also Basso continuo un staccato rubato un sostenuto
Wie hieß dat eine Stück da hab ich wochenlang
dran gesessen

Didone abbandonata Die verlassene Dido von Clementi
Hab ich lang dran rumgeübt
Mein Klavierlehrer hat sich ja zu Tode geraucht
Un als wer kein Dach mehr überm Kopp hatten
Da hab ich die erste Nacht unter seinem Flügel also
in dem Musikzimmer
Auf em Fußboden geschlafen
1944
Unter dem Flügel
Aber ich komm vom Thema ab
Obwohl et ja nur ein Thema gibt
De Bruder war Zahnarzt von dem Klavierlehrer
De machte einem die Zähn für en Bier un en
gehacktes Brötchen
Eß ich ja auch gern gehacktes Brötchen
Un Bratfischbrötchen
Am liebsten auf de Kirmes
Da haben meine Tanten immer gesacht
Wer mach dat all schon angepackt haben! Ba!
Die waren ja auch alle immer besorcht
Kann man ja verstehn
Damals hab ich et zwar nich verstanden
Aber heut versteh ich dat
Is et nich eigentlich so
Dat man immer erst viel später dahinterkommt
Aber dat geht ja wohl nicht anders
Un wenn et anders ging
Da würd ma sicher wieder wat andres verkehrt
machen
Fehler müssen sein sonst lohnt es sich nich

♪ Chronik

Als dann dat uneheliche Kind
Von Beckers Lisbeth
Ant Tageslicht kam
Hat sich die ganze Stadt
Vorbildlich verhalten

Alle haben et zwar gewußt un getuschelt
Aber nix gesacht

Weil doch de Vader kurz davor
Auf de Brück von Rheinhausen
So furchbar verunglückt war

Aber als dann de kleine Jung
Von Bruckschens Hans
Beim Spielen mit en alt Brandbomb
Ne Splitter tatsächlich in de Lung floch
Un nach sechs Wochen starb

Hat sich die Moder
Int Nähzimmer von Tante Maria
Einfach erhängt

Und ich hab se gefunden
Als erster

Da hab ich all die da oben
An die wir doch glauben sollen
Verflucht

Minderheiten

Wenn ich so manchmal et Fenster rausguck
oder überhaupt wenn ich guck
dann muß ich mich immer wat fragen
is egal wat
Also wenn ich so guck ne
auch auf de Straß oder egal wo ich grad bin
muß ich mich meist hinterher oder auch sofort
irgendwat fragen
Dat kommt vom Gucken bestimmt
Ich mein wenn man richtig guckt
manchmal stiert man ja auch nur
ich mein wenn man guckt un wat sieht
also mit offenen Augen sagt man ja auch
dann muß man sich doch ständig fragen
wie dat alles kommt und ob dat alles gutgeht?
Ich mein
allein schon dat et ganz große Menschen gibt
un dann wieder ganz kleine
Wie leben die
Also ganz kleine sagen wer mal so von 1,40 un 1,50
un dann wieder welche von 2 Meter oder 2 Meter 10
wo sich die andern immer gleich rumdrehn
un sagen: Kumma der da!

Ich hab neulich noch zu unserem Erich gesacht
man zeigt nicht immer mit de Finger auf de Leut
dat tut man nich dat gehört sich nich
dat gehört sich doch nich is doch nich vornehm
Ich sach dumme Jung sei froh dat du nich so aussiehst
da kannze deinem Schöpfer dankbar sein
Da guckt de Schnobbelsjung mich an also
Ja ich sach deinem Schöpfer guck nach vorn
Schlimm is dat wenn die Leut immer so stehn bleiben
un auf andere Menschen zeigen
bloß weil de
sagen wer mal
verwachsen is oder so ähnlich
Dat find ich ja sowat von ungerecht un ich sach immer
daß die ganze Menschheit sich da noch nich empört hat
un einfach mal laut sagt: Scheiß-Natur
Da müßt doch auch e mal ne Revolution gemacht
werden
aber da sprechen die immer von normal un anormal
un gesund un ungesund un Menschenverstand
un Empfinden heißet da immer
Also ich weiß et nicht
Ich bin für Durchenander!
Je mehr Durchenander desto weniger zeigt man mit
de Finger
auf de Leut
Et kann doch jeder nix dafür wie er aussieht
Et können doch nich alle akkurat und propper aussehn
Is doch alles Zufall
Un die zum Beispiel mongoloid sind

ich sach immer et müßt genau umgekehrt sein
die also
et müßte andersrum gedacht werden
die müßten all
also die wenigen die nich so sind wie die meisten
dat müßten die meisten sein
dann solln se aber mal sehn wat dann los is
die müßten also
so Behinderte auf allen Gebieten
die müßten auf allen Gebieten da sein
Et gibt ja auch Pflanzen un Blumen die nich so schön
wachsen un blühen
wie die meisten Pflanzen und Blumen
Nee ich sach immer
die Menschheit denkt falsch
weil se falsch fühlt oder falsch guckt
da kommt dat ganze Elend her
Et darf sich keiner wat auf irgendwat einbilden
da kommt dat ganze Elend her
Wir haben ja bei uns im Gesangverein
auch die komischsten Leut
wenn wer so zusammen sind
Aber da sacht keiner wat
Da sind auch zwei da weiß man nicht so genau
un einer de hat en Pückelschen
un einer de is sons en bißken zurückgeblieben wie
man so sacht
Aber da sacht keiner wat
Un grade die haben die schönsten Stimmen un
können singen

un ich weiß auch warum
weil die ganz anders gucken
et is ja auch so daß wenn einer blind is sacht man ja
daß de viel besser hört als unsereiner

Nee also
ich bin für Durchenander
Deswegen muß man ja nich gleich Anarchist sein
aber et is mir auch egal un et muß einem auch egal sein
oder sagen wer mal egal werden
wat die Leut so über einen denken
et muß einem egal sein
et muß einem regelrecht egal sein
ers dann regt man sich auch nich mehr so auf
Dat kann man lernen
o jaa
dat man sich nich mehr so aufregt
Ich ertapp mich manchmal selbst immer noch dabei
dat ich manchmal irgendwo hinguck
wo ich eigentlich garnich hingucken dürfte
ich mein nicht bei Frauen un so
da soll man ja hingucken
da kann man ja auch wieder nix zu also
nee ich mein so Menschen im Gipskorsett oder so
amputiert
bis Gott weiß wohin auf som Rollbrett
Un dann ertapp ich mich dabei
un dann frag ich mich
wat guckst du eigentlich so
Aber weggucken will man dann auch wieder nich

dat wär ja dann zu spät
Nee ich muß dat auch noch lernen wegzugucken
        um besser hinzugucken
sagen wer mal tiefer zu gucken

Wie war ich da jetzt drauf gekommen
Ach so ja
weil ich immer guck un dann mich wat fragen muß
Nich immer
Aber meistens oder meistenteils
also manchmal oder öfter
jedenfalls so dann und wann

♪ Tante Anna

Tante Annas Sorgen
Die bleiben nie verborgen
Weil es nämlich Sorgen sind
Bei jedem Sorgenkind:

Wenn e ma genuch zu essen hat essen hat
essen hat
Un dann in sonn fremde Stadt ne ne ne ne ne
Da könnt ja mal en Erdbeben sein Erdbeben sein
Erdbeben sein
Un dann wär de Jung allein

Ich weiß noch wie e so war
Un wie e noch so froh war
Wenn er zu Haus konnt sein
Zu Haus am Niederrhein

Un jetzt reist e überall herum all herum all herum
Nu ja er is ja auch nich dumm ne ne ne ne ne
Schwester Elsbeth hat ihn auch gesehn auch gesehn
auch gesehn
Int Fernsehn um halb zehn

Ja Übermut tut selten gut
Wenn e sich ma nich erkälten tut

Un warm angezogen is
Weil die Welt ja so verlogen is

Wat ham we doch so oft gedacht oft gedacht
oft gedacht
Wenne sein Fisematenten macht nenenenene
De kömp nochmal na Bedburg-Hau Bedburg-Hau
Bedburg-Hau
Un zwar in de Verrücktenbau ne ne ne ne ne

Ich weiß je nich wat de verdient
Mit sein Spirenzkes op de Bühn
Is ja auch egal bevor ich sterb
Möcht ich ihn noch einmal sehn

Wenn wir auch nich einverstanden sind standen sind
standen sind
Er war doch unser Sorgenkind ne ne ne ne ne
Wenn e ma genuch zu essen hat
Un immer früh nach Bett geht
Un immer auf de Straß schön aufpaßt
Un sich de Haar schön schneiden läßt
Un nich mehr so viel rauchen tut
Un immer nett un propper is
Un immer schön gesund bleibt
Un uns nich ganz vergißt
Dann sind wer ihm ja auch nich gram
Trotz all de Künstlerkram

Ja Tante Annas Sorgen
Die bleiben nie verborgen
Weil es nämlich Sorgen sind
Bei jedem Sorgenkind

Ditz Atrops

Ditz Atrops
Von dem hat ja auch kein Mensch
Mehr wat gehört
Obwohl
De jahrelang Geschichte studiert hat
Tagaus tagein
Hochintelligente Familie
Nur ewig voll
Ewig besoopen
De hätte ja alles werden können
Aber
Is nix draus geworden
Obwohl de jahrelang studiert hat
Geschichte un alles mögliche
De hätte sogar Papst werden können
Ja sicher
Warum nich
De war ja als Kind schon Meßdiener
Alles lateinisch
Aber ewig besoopen
Nich als Meßdiener
Später natürlich
De war
Wie soll ich sagen
Zu intelligent

Da hat man ja schon mal
Daß einer zu intelligent is
Und dann
Sagt man ja auch öfter
Genie un Wahnsinn
Enne verückte Jung
Enne vedreidige Jung
So hieß de ja auch immer
De verrückte Atrops
De konnze fragen wat de wollst
Wie aus der Pistole geschossen
Daß Walter Rathenaus Mutter
Zum Beispiel dem Mörder ihres Sohnes verziehen hat
Also
Herr vergib ihnen
Denn sie wissen nicht was sie tun
Dat wußte de schon mit neun Jahren
Ditz Atrops
De wußte alles
Die ganzen Geschichten
Von Genovefa und Graf Golo
Un die schöne Magelone
Die mit dem Fischleib
Ne dat war ja die schöne Melusine
Die schmeiß ich immer durchenander
Aber is nix draus geworden
Schad ne
Aber so isset nun mal
De wollte ja nach Rußland ant Theater
Damals schon

Proletkultbühne
Hat er immer gesagt
Wir wußten ja nich wat dat war
Aber de wußte dat
De kannte ja all die Regisseure auswendig
Meyerhold und Marienhof un Tairoff
Un wie se all hießen
Aber
De saß auch als Jung schon immer mit de alt
Brökelschen
Zusammen
Un las englische Zeitungen
Heimlich
War ja verboten damals
Un später wollte er glaub ich sogar
Nach Südamerika
Als Klavierspieler
Direkt am Amazonas
Wollte er sogar ne Oper komponieren
De weiße Indianer oder so ähnlich
Alles Quatsch natürlich
Aber hochintelligent
Die Mutter war ja ne geborene Berens
Von Berens Hof aus Rayen
Sechs Kinder
Der Ditz war de jüngste
Un de Schwächste
Logisch
Aber wie gesacht
De Begabteste

De Vatter war ja schon lang tot
Zungenkrebs sagt man
Sagt man
Obwohl et wird ja viel gesagt
Un mit Südamerika dat is dann auch nix geworden
Un Rußland dat war ihm dann doch wohl
En bißken zu weit
Seiner Mutter zuliebe
Er is dann bei son Sparkassenzweichstell
Inne Botenmeisterei gegangen
Seiner Mutter zuliebe
Aber ewig besoopen
Deswegen wahrscheinlich
Ich weiß et nich
Jeden Abend den Gott werden ließ
6 Uhr
Wer stand bei Lindemanns an de Thek
Ditz Atrops
Konnze de Uhr nach stellen
Kerzengrade stand de da
Sturzbesoffen
Aber hochintelligent
In der einen Hand dat Bier
Un in der andren de Schnaps
Un dann sang er immer
Wenn er mich sah
Sang er immer:
    »Erst wenn man Deinen Leib entdeckt
    In dem Winter übers Jahr«
Ich sag Ditz

Wo has du dat bloß all her
Weiß ich nich
Weiß ich nich
De hätte im Bundestag auftreten können
Un wenn Hein Lindemann sagte
Ditz nich so laut
Dann machte er eine tiefe Verbeugung
Un sagte
Sire lecken Sie mich am Arsch
De setzte sich an keinen Tisch
Immer nur anne Thek
Un wenn einer von de Anstreicherinnung reinkam
Rief er sofort
Die Kathedrale von Reims
Meine Herren
Muß auch mal wieder gestrichen werden
Un wenn sein Freund Gerwin Holtmann reinkam
Rief er sofort
Wir sollten mal wieder Eulen nach Orsoy tragen
Aber wie gesagt
Kerzengrade
Ditz Atrops

Un eines Tages war er weg
Spurlos verschwunden
Wie man so sagt
Kein Zettel
Nix

Bruckschens Katrin meint ja
Er hätt sich erschossen
Nee hab ich gesagt niemals
Doch de hat sich erschossen
In Brüssel
Bis ja verrückt in Brüssel erschossen
Ditz Atrops

Un Ernst Mechmann meint
Er wär in ein Kloster gegangen
Vielleicht be de Franziskaner
Oder so

Also ich weiß et nich

Ich seh den ja irgendwo anne Thek stehn
In Kanada
Oder sogar in Hongkong
De arme Jung

Un da singt er dann:

»Erst wenn man unsern Leib entdeckt
In dem Winter übers Jahr
Es ist in ihm viel Leid versteckt
Und Träume wunderbar
Doch dann lebt in unsrem Angesicht
Die Seele sonderbar
Erst wenn man unsern Leib entdeckt
Dann wird alles sternenklar«

Silberne Hochzeit

Entschuldigen Se vielmals daß ich
waren Sie nicht auch neulich auf de Silberne Hochzeit
bei Schlottmanns
vorigen Samstag
ich mein ich hätt Sie dort auch
ich habe eben noch zu mein Frau gesacht
da ist wieder das nette Ehepaar das auch bei
Schlottmanns
auf de Silberne Hochzeit war
Nee sacht mein Frau das sind die nicht
Doch sach ich das sind die
Die du meinst das war doch Gretchen Kerkhoff mit
ihrem Mann
die sehen doch ganz anders aus
Ja sach ich die Kerkhoffs Dern die is dat aus
Göttingen
die sind extra aus Göttingen gekommen

Wir wollten ja auch gar nicht hin
Ich meine wir kommen ja mit den ganzen
Schlottmanns sonst
gar nicht in Berührung
schon seit Jahren seit der alte Schlottmann tot is
der war ja immer sehr nett
ich mein Guten Tag und Wie gehts uns dann

Wir wollten ja gar nicht hin
Aber die Tochter kam dann noch extra rübber und
hat uns auch noch eingeladen
Ja un da ham wer gesacht da hab ich noch zu mein
Frau gesacht
wir gehn mal hin un wenn wer da waren
gehn wer wieder

Aber ich muß sagen: Es war schön
Wie wer schon reinkamen kriechten wer gleich am
Eingang
also jeder ein kleines Getränk zum Aussuchen
entweder Sekt oder Cognac also ich muß sagen
un dann das kalte Bufett das war also im Wohnzimmer
einfach so aufgebaut
also wunderbar wunderbar überall garniert
so mit Papierfähnchen und so Regenschirmchen und
dat ganze Zimmer voll Käsewürfel
wer mach die all mitgebracht haben
Ich hab noch zu mein Frau gesacht
nimm Dir mal son Spieß mit
dann hasse en schön Andenken
is ja viel arbeit son Silberne Hochzeit
aber das macht ja alles sie
Frau Schlottmann
tüchtige Frau die Käte

Denn er er is ja gelähmt
Hein Schlottmann
aber feste schon Jahre beide Beine total

aber der sitzt im Rollstuhl wie der Chomeni
wenn mant nich wüßte
dann käm gar keiner drauf daß der gelähmt ist
ja der war ja Chefingenieur bei Stinnes
früher
un geht eines morgens wie gehabt zur Arbeit
un abends war et schon passiert
wie aus heiterem Himmel
er hat noch gesagt ich hab son komisch Gefühl
da war et schon passiert vor 4 Jahren
unne Aufregung sag ich Ihnen
jaa die haben zuerst immer so einen Heilpraktiker
in Krefeld aufgesucht
aber der is dann auch gestorben
und jetzt sind se glaub ich
ob et stimmt weiß ich nich
bei dem Prof. Prätorius ich weiß nicht ob Se den
kennen
der will sich jetzt mal die Bein ansehn aber ich
glaub ja nich dran
dat wird nix mehr
Nee
aber sons is der Mann glasklar
ich sach noch wie ich so vor dem Rollstuhl stand
also erst hatten wer natürlich gratuliert
Silberne Hochzeit
un ich sach zu ihm:
Na wie isset denn
Ja sacht er wie sollet sein
Ja sach ich is ja schön mal so alle seine Lieben

unter einem Dach zu haben
Ich sach wolln Se denn die Goldene Hochzeit
auch noch feiern?
Ja sacht er wenn unser Herrgott damit
einverstanden is
Tjaaaa sach ich da will ich nochmal en bißken gucken
gehn
Ja sacht er gehn Se ma ruhig en bißken gucken

Ja also das Haus is ja eigentlich eine Villa
wie man das früher so hatte
un alles selbst gemacht alles
jeder Stein ausgesucht un gebosselt un alles
2 Garagen un dann im Keller alles mit Holz
und jede Wand anders
mit ner anderen Farbe gestrichen
un in der Ecke sone kleine Hausbar
alles mit so wie sagt man
also so eingefaßt wirklich un alles selbst gemacht
Aber ich möcht mit dem Mann nich tauschen

Un dann hat de Schwiegersohn
der is ja Baurat in Hannover
noch ne Rede gehalten
und da hab ich mir doch beinah en Tränchen
verdrückt
weil da alles nochmal so hochkam
die ganzen Jahre ja un am Schluß waren wir die
Letzten
obwohl wer erst gar nicht hinwollten

Aber wir sind dann auch anstandshalber gegangen
Unterwegs is mir noch enne Knopp vom Mantel
abgegangen
den hamwer dann noch stundenlang gesucht
Da hab ich noch zu mein Frau gesacht:
Also ich möcht mit dem Mann nich tauschen
lieber ne Knopp suchen

♪ Mein Onkel

Übrigens
Das war mein Onkel
Der im Sarg verwechselt wurde
Der war Schneidermeister
Aber eigentlich auch nicht so richtig
Sondern vielmehr
Der war Schneider und Lehrer und Musiker
Und mein Onkel
Alles in einer Person

Das war mein Onkel
Der im Sarg verwechselt wurde
Die ganze Kleinstadt hat ihn höchstpersönlich gekannt
Er trug einen großen Hut mit breitem Rand
    Kalabreser genannt
Hielt Straßenbahnen an
Und rauchte dicke Brasilzigarren
Alles in einer Person

Er war der Älteste von 10 Geschwistern
Und mußte die Schneiderei seines Vaters auf sich
    nehmen
Wär aber gerne Lehrer geworden
Also damals schon Numerus clausus natürlich von
    anderer Art

Und hat dann nebenbei dirigiert
4 gemischte 2 Kirchenchöre
Und Männergesangvereine an die 4 oder 5
Und alles mit der Hand

Er ist dann urplötzlich gestorben sozusagen an
dicken Bohnen
In zweieinhalb Tagen
Ich saß in Gießen in der Anatomie Prof. Wagenseil
Es hieß es war ne Verschlingung des Darms
Aber in Wirklichkeit war es ein Bruch in fettarmer
Zeit
Der im Verbund mit dem Darm dann die
Verschlingung in Gang hielt
Und so zu einem billigen Ende führte

Franz Schubert schwamm durch sein Handwerk
Immer leicht unrasiert im Hemd ohne Kragen
Saß er im Schneidersitz tief gebeugt auf dem langen
Tisch
Die kalte Zigarre zwischen den schlechten Zähnen
Und stach die Nadel ins linksseitig aufgerauhte
Baumwollgewebe: Barchent
Steifleinen lag überall in der Werkstatt herum
Gleichzeitig mich beobachtend
Der ich selbstvergessen und sorgenfrei
Auf dem Boden mit leeren Garnröllkes spielte

Gleichzeitig ihn beobachtend
Wie er über die Brille hinweg

Durchs Fenster auf den langsam faulenden
Birnbaum sah
Die Ehe war kinderlos
Alles in einer Person

Oft ging er mit mir ins Kino
In Western und Lustspiele
»Der Rächer« mit Akim Tamiroff
Und »13 Stühle« mit Rühmanns Heinz
Höchst berauscht schlichen wir dann nach Hause
zurück
Er lahmte aus der Hüfte heraus
Ich hinkte und zwar nicht schlecht
Jedenfalls besser als der berühmte Vergleich
Lachen und lahmen
Hinken und hicheln
Alles in einer Person

Einmal und immer wieder erzählte er
Wie er in freier Natur spazierend an eine Art
Schloß geraten
Dort habe ihn eine Art Baronin am Gartentor
schon erwartet
Ihn eingeladen doch einzutreten
Ihm das vornehme Haus von oben bis unten gezeigt
Und ihn dann wieder auf den Weg geschickt
Zu seinen Nähmaschinen und riesigen Bügeleisen
Die man damals noch voll und ganz in den
glühenden Ofen steckte

Mein Onkel war ja auch Philosoph
Und Pflanzenbeschreiber und Fachmann
Für feinste englische Stoffe
Las Krimis und Abenteuerromane Wallace und
Löhndorff
An Himmelfahrt machten wir eine Fahrradtour
Und träumten höchst polyphon
Von Himbeersaft Löwenzahn Kartoffelsalat
Matthias Claudius
Ave Maria
Shakespeare aus Thermosflaschen und Henkelmann
Über giftgrüne Wiesen immer einem unsichtbaren
Gesang auf der Spur
Endlose Trauermärsche in Dur

Mitten im Krieg
An einem Samstag begraben
Die Behörden hatten ausnahmsweise erlaubt
Daß der Zug mit Pferd Wagen und Sarg
Durch die Stadt ziehen durfte
Mit Reden Musik und Gesang am Grab
Für einen der nichts erreicht hatte
Nicht mal sich selbst

Sonntags jedoch ging es schon rund
Ihr Onkel liegt leider noch in der Kapelle
Wir haben gestern den Falschen begraben
Morgens in aller Herrgottsfrüh ausgetauscht
Und umgebettet
Ich war nicht dabei

Und manchmal mein ich
Er liegt gar nicht da
Sondern fährt über Land
Singend und voller Schadenfreude
Bringt vielleicht der Baronin ein Ständchen von
Schubert
Und beobachtet mich
Wie ich mein Leben vergeude

Zweites Leben

Also
ich glaub ja nich dran
ich bin da eigentlich ziemlich
ich weiß auch gar nich ob se den kennen
obwohl
den müßten se eigentlich kennen
denn der hat ja 2 Zehen ab
aber dat kann man ja nich sehen
Gottseidank
ich mein
is immer noch besser als wenn man 4 Finger ab hat
mein ich jedenfalls
ich mein wenn man damit auf de Welt kommt eines
Tages
ohne 4 Finger oder auch nur mit 3 Zehen
is nich so schlimm sach ich immer
denn dann weiß man et ja nich anders
dann weiß man et ja nich anders
Aber
wenn einem sagen wer mal so mit 20 oder 25 erst
4 Finger auf einmal abhanden kommen
ganz plötzlich von heut auf morgen
is doch ne Umstellung
is doch ne Umstellung
dat muß eigentlich irrsinnig komisch sein

also nich komisch
aber ich mein also so von heut auf morgen so mein ich
muß doch komisch sein
wenn man die ganze Zeit vorher
meinzeitnochmal
aber wenn man et dagegen nich anders weiß vom
    ersten Tag an
un sagen wer mal wenn et dann noch die Zehen
    sind beispielsweise
dann is dat ja nich so schlimm
denn dat kann man ja nich sehen
ich mein unangenehm is dat schon
aber immer noch besser als von heut auf morgen
auch medizinisch mein ich
ja öh wat wollt ich eigentlich sagen
Aja
Also de Hermann Brinksken der hat ja 2 Zehen ab
    wie gesacht
un der glaubt aber an ein zweites Leben
also nach dem Tode natürlich
also jetzt erst das erste un dann nach dem Tode das
    zweite
sacht er wenigstens
der glaubt dran
Ich hab ja nix übrig für sowat
ich bin ja froh wenn ich dat erste Leben eingermaßen
sagen wermal überlebe
aber der glaubt fest da dran
dat liegt sicher an den 2 Zehen
ich sach

Hermann du bis nich ganz gescheit
Nix ich komm sacht er
also er meint er käm nochmal auf de Welt
nich als Mensch
sondern so als also vielleicht als Kieselstein
oder als Pferd oder auch als Schimpanse
kann ja auch möglich sein als Schimpanse
daß dann alles wieder von vorne anfängt also wie früher
in de Steinzeit die ganzen Zeiten
Bronze und Tertiär un Kohle
Ich sach immer
Hermann du has ja nur Angst
un wenn dann dat zweite Leben nämlich dann zu
    Ende geht
dann kommße womöglich noch un sachst
et gibt auch noch en drittes Leben un immer so weiter
dat is doch hier oben
dat is doch also wirklich weißte
Dat hat mir doch de Jung von Jacob Nepix
der studiert ja Biologie
der hat ja als Kind so furchtbar viel Sommer-
    sprossen gehabt
der hat mir doch gesacht
Zweites Leben: Nix
alles dunkel
Un in de Kirch sagen die ja auch immer alles Staub
    un Asche
Is ja auch so Staub un Asche
Wenn ich mir vorstell dat ich zum Beispiel dat
    dritte Leben

von ner Schildkröte außem 18. Jahrhundert sein könnt
also sein könnt
Schrecklich
Ich mein ich hab nix gegen Schildkröten
aber wenn ich nochmal also hinterher weiterlebe
also nochmal von vorne dat ganze
also lieber nich
Ich mein wenn et denn sein muß aber sons
aber wenn
dann möchte ich doch schon
ja wat möchte ich eigentlich sein
also am liebsten möchte ich ja nochmal so sein wie
 ich bin oder war
aber ich glaub dat geht naturwissenschaftlich nich
Ich weiß auch nich wie dat zusammenhängt irgendwie
mit den geistigen Kräften un seelisch
Interessant is das ja
Un wenn sagen wer mal der Hermann Brinksken
 im 2. Leben
seine Zehen wieder dran hätt auch als Kieselstein
oder wenn er als Kieselstein wenigstens
dat Gefühl hätt wieder alle 5 Zehen zu haben
sagen wer mal nur als Einbildung vielleicht
warum nicht
Vielleicht hab ich dann dafür zwei Köpp
warum nich
Dann würd ich sagen
Et hat sich gelohnt
Aber
ich glaub ja nich dran

aber wie gesacht für den Hermann würd ich schon
gern dran glauben
aber für mich nich
Wollen mal abwarten
Vielleicht kommt alles ganz anders
denn et war doch immer schon so
daß die die dran glauben
haben dran glauben müssen

Mit Omma und Cousine

Mit der Groß-Familie. Oben: Mit den Eltern im Harz

Oben: Allein auf der Wiese

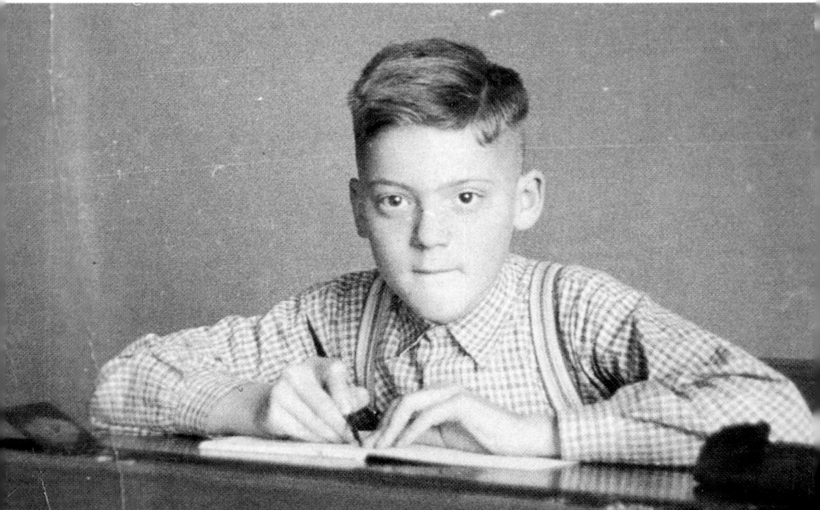

Oben: In der Quinta. Unten: Das schwarze Schaf

Niederrheinisch wohnen

Ich möchte jetzt einmal daß wir uns die typische
Inneneinrichtung eines typischen niederrheinischen
Herren- Eß- oder Wohnzimmers
Is da ja alles dasselbe unter uns gesagt
gemeinsam erarbeiten!
Wir stehen ja alle in einem Lernprozeß und öh
Ich fang mal an also:
Auf dem Fußboden ein nachgeäffter Perserteppich
Darauf auf dem Teppich eine Standuhr von 1926
Eine Kredenz
Wenn ich all die Kredenzen die ich in meinem
Leben schon gesehen durchlebt und durchlitten
habe wenn ich die all runtergeschluckt hätte
dann hätte ich jetzt schon bestimmt diesen Bulbus
öh diesen Ulkus diesen Duodeni das is ja eigentlich
ein italienisches Adelsgeschlecht
Wir haben da wir auch gerade bei diesem Thema
sind wir haben zu Hause auch eine
Aggressionsnische
Also alles was hinfällig geworden is: Alte Tassen
Teller ohne Henkel Porzellan usw. nehmen wir so
sonntags um 15 Uhr und schmeißen die da mit
Wucht hinein damit wir unsere Aggressionen
loswerden damit wir dann um 17.15 oder 18.15 bei
der Westernserie das alles wieder voll auftanken können

Soll ich Ihnen nochmal die genauen Zeiten sagen
Ich seh mir sowas ja alles an
Wo waren wir stehn geblieben
Jaa un dann gabs ja dann noch einen Tisch früher
jedenfalls wissen Sie diese langen ausziehbaren
Tische wo man immer so fummeln mußte
Paß doch auf und so und immer waren zwei Finger weg
Un die wurden ja auch nur zweimal im Jahr vom
Speicher geworfen
Konfirmation und Goldene Hochzeit
Da kam ja dann die ganze Familie die Kinder
mußten unter den Tisch das war ja schon damals
das Generationsproblem
Und dann gabs noch en altes schwarzes Klavier
Da spielte kein Schwein drauf reines Dekorationsstück
und wenn ich mal drauf spielte dann hieß es
immer gleich
Spiel doch mal was Anständiges!
Nein wir müssen uns das wirklich mal vor Augen
halten: Es gibt immer noch Leute die sonst sehr
musikbegeistert und enthusiasmiert sind aber die
nach wie vor Musik immer noch einteilen in zwei
Gebiete
In anständige und unanständige Musik
Wenn das der alte Beethoven wüßte
Ja und an der Wand war dann noch ein Regulator
von 1929 und an der anderen Wandseite war dann
dieses Foto die Älteren werden sich erinnern dieses
blöde Foto
Hitler und Hindenburg in Potsdam wo der Anstreicher

grad seinen Diener macht und da wieder gegenüber
ein Waldmotiv in wuchtigem Rahmen also richtig
Wald wie aus dem Leben gegriffen
Ja und dann gabs dann noch auf der Kredenz diese
Glasschalen farbige Weingläser alle so lustig verziert
also echt Kristall Sammeltassen und dann Stühle
natürlich und Kissen selbstentworfene Kissen
»Hab ich selbst entworfen oder auch selbst gehäkelt«
Bis zur totalen Verkrampfung so kurz vor
Weihnachten oder auch bei anderen Feiertagen wo
dann die berühmten Sätze fallen wie
Ich muß noch son Stück
Un wo sich dann die ersten Fehler einschleichen
wo ich dann immer gesagt habe
Mach doch noch en paar dazu als Stilmittel
dann fallen die andern Fehler nicht so auf
Ja ich sach so schön gehäkelt wenn der Vorgarten
nicht anderweitig Arbeit gebot der kleine Vorgarten
mit 2 1/2 Hortensien der mußte ja jede Woche
gerodet werden
Auch ein Fliegenschrank war im Haus
Und wenn ich nicht gerade das is ja alles schon lange
her 42, 43 wenn ich nicht gerade mit dem Fahrrad
unterwegs war um bei den Bauern Butter Milch
Eier und Käse zu holen dann saß ich zwischen all
diesem soeben beschriebenen eisern gesparten
Gerümel und sann
Ich saß und sann mach ich auch heute noch manchmal
Sitzen und Sinnen
Das könnte der Titel eines deutschen Lesebuchs sein

Das ist keine Übertreibung mein erstes Lesebuch
auf der Penne hieß damals
Wägen und Wirken
Unterstufe
Verlag Velhagen & Klasing
Und das zweite Buch Mittelstufe hieß
Schauen und Schaffen
Und das dritte das wär eigentlich ganz logisch
könnte doch Sitzen und Sinnen heißen
So ist es ja dann auch gekommen
Ich hatte damals ja auch sone kleine Bilder-Sammlung
so von Zigaretten da konnte man so ganze Alben
mit vollkleben so kleine Bilder mit Goldrand
historische Serien
Und da gabs ein Bild aus dem 30jährigen Krieg
da stand drunter wörtlich drunter
Der Söldnerführer Ernst von Mansfeld erwartet
stehend den Tod
Gestützt von zwei Landsknechten
Das hat mir das muß ich zugeben das hat mir
damals irrsinnig imponiert
Nun werden Sie natürlich fragen mit Recht fragen
Was soll eigentlich all dieser Blödsinn diese
merkwürdigen Assoziationen diese Sprünge und
diese entschuldigen Sie aber ich kann Ihnen das
wirklich nur ganz naiv erklären
Das ist Niederrhein
Ja der Niederrhein ist ja für mich gar keine
Landschaft sondern das ist diese Kieler-Anzug-
Mutation früher gabs das ja heute is das ja nicht

mehr so aber früher seinerzeit zu meinerzeit gabs ja diese für Buben und Mädchen so zwischen 6 und 15 diese merkwürdige Matrosenverkleidung alle deutschen Mädchen und Buben alles Matrosen alles Matrosen
Kaiser Wilhelm unser Lotse
Wir hatten damals den Ahoi-Komplex
Tiefenpsychologen würden wahrscheinlich von einem sogenannten Wasserkanten-Zwang sprechen
Jaaa immer propper angezogen
Tja fein gemacht hieß es dann
Das war ja diese Phase: Scheitel mit naß Wasser
Immer schön grade nein der Niederrhein ist für mich wirklich keine Landschaft für mich ist das eine verschleppte Erkältung
Immer wenn ich huste obwohl wenn ich so im Jahr so ein zweimal hinfahre und wieder zurück dann stecken die mir immer noch Äpfel und Butterbrote in die Tasche so mit dem Gefühl wer weiß was der Junge morgen zu Essen hat das ist diese große Ortskrankenkassenzusammengehörigkeit
Und es is ja auch rührend man muß das ja auch mal von der anderen Seite dialektisch und so sehen
Denn es steckt ja die Sorge dahinter die Sorge die steckt dahinter doch die steckt dahinter oder doch oder nicht
Na lassen wirs offen
Wenn Sie mal einen typischen Niederrheiner identifizieren müssen brauchen Sie nur folgendes zu machen

Sie picken sich irgendeinen heraus aus mehreren
Leuten und bitten ihn
er möge Ihnen doch mal ein modernes technisches
Gerät erklären sagen wir mal einen Fotoapparat und
nun is das einer der davon keine Ahnung hat aber
meinen Sie vielleicht der sagt dann
Tut mir furchtbar leid da müssen Sie mal bitte einen
anderen fragen nein der fängt an zu erklären
Jaaa und so wird man natürlich auf die Dauer
Kabarettist
Ich sage immer das ist diese flämische Uferlosigkeit
Ich hatte mal zwei Vettern die hatten Hände so lang
wie Pferdeköpfe richtige Pianisten-Chirurgenflossen
sag ich immer aber die hatten so was Irisches die
standen einem Bauernhof vor da konnte man
stundenlang da gingen wir sonntags immer zu
Besuch hin also wir zu Euch und Ihr zu uns und da
konnte man stundenlang über die Äcker gehn immer
so gucken ob auch noch alle Morgen da waren
Waren meistens immer noch alle da manchmal
kamen noch en paar dazu
Das war immer sonntags
Und samstags immer auf den Friedhof jeden
Samstag auf den Friedhof jaa war ne gute Vorübung
Ordnung muß ja sein wo kämen wir sonst hin
Das muß man ja alles mal durchspielen
Auch wegen Kompost und so

♪ Nahment zusammen

Wenn dann die Männer vom Fahrrad
Die Finger noch rot vom Anstreichen Mennige
Vorstreichen bei Sachtleben
Oder auch auf der Hütte in Ruhrort
Dann wären sie gern noch schnell bei Borgards
Ein Bierchen trinken gegangen
Doch Gretchen Termöhlen hatte schon Erpelschlaat
auf dem Tisch
Und stand in der Haustür: Nix da!
Hinten im Garten muß noch die Dachpappe
weggeräumt werden
Und steht die unvermeidliche Omma und prüft die
Tomaten
»Dies Jahr sind se früh dran«
Geht schon die Sonne hinter der evangelischen
Volksschule unter
Und über den Zaun ruft dann Minchen Brück
Nahment zusammen!
Dann swingt in mir die niederrheinische Schnulze

Nahment zusammen
Rief man über den Zaun
Lief die Wiesen entlang
Schwamm in grünlichen Seen
Nahment zusammen

Saß man vor seiner Tür
Spielte mit Schlacke und Schilf
Lag im Fenster und sprach:

Was von Krankenhaus und das sind alles nur die
Nerven
Und mußte sein Fahrrad noch reparieren
Und die Klumpen die Holzschuh noch saubermachen
Und daß die Zeit so schnell vergeht
Ich sach noch gestern zu Gertrud nu hamwer bald
schon wieder Weihnachten
Oder dann sitzen sie in der Küche und wissen sich
nichts zu sagen höchstens
Nu is die Week ock all wer öm
Draußen färbt sich der Abend grau und drinnen die
ewigen Stammbaumgeschichten:

Die hat doch den Vandertzwach geheirat
ja un davon de Jung de is jetz Betriebsführer
bei Rheinpreußen dat ös doch die
geborene Kleinheisterkamp die von Bruckschens
Hof aus Kapellen die ös dat mit die lange
Zöpf die un davon de Vaader der hat ganz
früher mal in Orsoy die Fähre unter sich gehabt
son großer stattlicher Mensch de is jetzt
gestorben Lungenkrebs
Nahment zusammen

Nahment zusammen
Rief man über den Zaun

Lief die Wiesen entlang
Schwamm in grünlichen Seen

Und immer über den Zaun Gespräche mit Nachbarn
in Hemdsärmeln
Und Lise machte den Pflaumenkuchen
Der wurde dann in die Pfefferstraße gebracht in die
Bäckerei
Gegenüber Frisiersalon Lambrecht da bekam ich
den Hindenburgschnitt
Nahment zusammen!

Und in den Stuben die Klaviere neben der Nähmaschine
Daneben ein Schrank und darin ein weißer Porzellanhirsch
Also Kunst
Noch von der letzten Kirmes
Geht doch mal zu Onkel Johann hieß es dann immer
Der hatte einen Klümkesladen und keine Kinder
Und Brausepulver
Waldmeisterstunde

Nahment zusammen
Saß man vor seiner Tür
Spielte mit Schlacke und Schilf
Lag im Fenster und sprach:

Jetzt ös Hein Tavenrath okk all under de Erd
Hat schnell gegangen
Wie
Den hab ich doch noch vor drei Wochen

Jama
Jaaa wir kommen alle noch dran

So sitzen sie in ihren Küchen
Und so liegen sie unter der Erde
Aus ihren Augen wachsen Butter- und Gänseblümchen
Die übrigen schleppen Gießkannen
Harken auf Deuwel komm raus
Können sich über Grabsteine nicht einigen
Wissen aber genau wo jeder liegt
Da der Oberstudiendirektor mit dem Gibraltarkinn
Und da dieses junge dunkle Mädchen das Schokolade
aufs Butterbrot mit in die Schule brachte
Und die Friedhofsgärtnerei Becker ist auch schon
lange in anderen Händen
Manchmal schickt man was mit Fleurop und
versucht sich zu erinnern

Alles hätt nen Övergang
Da trokk sich de Voos et Fell över de Kopp
Alles hat einen Übergang
Da zog sich der Fuchs das Fell über den Kopf

Nahment zusammen
Rief man über den Zaun
Lief die Wiesen entlang
Schwamm in grünlichen Seen

Und wurde ein schwarzes Schaf

Haubrucks

Ich mein
Wenn wer dat ja gewußt hätten
Dann hätten wer dat ja gleich
Ich mein
Ich hab extra noch gefragt ich sach
Da sachte noch
Is nich nötig sachte
Da hab ich noch gedacht dann is ja wohl alles geregelt
Ich mein
Wenn einer sacht is nich nötig
Dann verläßt man sich ja auch darauf
Nich dat ich mich darüber groß aufreg nö
Et muß ja jeder selbst wissen
Ich hab gleich gesagt Schwamm drüber komm
Bloß se hätten ja en bißken eher wat sagen können
Nee

Ich hab mich ja jetzt damit abgefunden
Aber et kommt mir nich nochmal vor
Ich hatte sone Ahnung
Aber dann hab ich mir wieder gesagt: Hier!

Et nächste Mal wird gar nix gesagt
Da wird schön für sich allein geblieben
Wir haben dat ja auch gar nich nötig

Wir kriegen auch so genuch Spaß
Es is nur immer son Rückschlach
Weil man einfach gedacht hat
Ohne sich wat dabei zu denken nich
Nee

Wir wollten ja zusammen in de Lüneburger Heide
Jetzt um die Zeit
Später isset ja immer so voll da
Et war auch alles wie gesacht abgemacht
Mit Haubrucks
Ich weiß nich ob Se die kennen besser nich
Jedenfalls öh
Eines Abends vorge Woch
Kommt Pit Haubruck und sacht
Wir fahren nach Baden-Baden fahrt er mit
Ja ich sach Moment mal
Wir wollten doch zusammen in de Lüneburger Heide
Nee sacht er er hätt sich dat nochmal überlegt
Da wär et jetzt immer so staubig
Da isset doch nich staubig sach ich
Doch sacht er da wär et jetzt besonders staubig
Ja ich sach ich hab je gleich gemerkt dat dat
Nur ne faule Ausrede war
Ja ich sach da fahrt ma na Baden-Baden
Ja wollt er nich mit
Ich sach wat soll ich denn in Baden-Baden
Wir wollten doch zusammen in de Lüneburger Heide
Da isset doch jetzt so staubig
Ja gut sach ich staubig hin staubig her

Aber ich will nich na Baden-Baden
Wat willze denn da
Die schönen Gebäude gucken un de Kurgarten un
überhaupt
Die ganze Atmosphäre mal sehn
Ja ich sach du bis gut von heut auf morgen
Ich wollte eigentlich lieber in de Lüneburger Heide
Dat kannze doch immer noch
Ja sach ich aber Baden-Baden ich mein wenn ma
krank is
Aber zum Gucken da is doch gar nix mehr
Ich will doch in de Natur will ich doch
Ich will doch mal dat Heidekraut im Original sehn
Aber nix zu machen er wollt auf Biegen und Brechen
Nach Baden-Baden
Aber da hat sie dahintergesteckt
Ich hab gleich zu mein Frau gesacht
Das hat Gertrud eingefädelt
Die hat doch den höheren Stich
Die Blagen genauso
Un so wat von verschnuppt
Die haben doch jetzt schon die ganzen Zähn kaputt
Das hat sie eingefädelt dat is nich de Pit
Ich kenn doch Pit Haubruck
Der würd doch am liebsten nirgendwo hinfahren

Jaaa gestern sind se gefahren
Haubrucks
Na Baden-Baden
Da könnten mich kein 10 Pferde hinkriegen

Ich mein wat soll ich da
Nix gegen die Stadt die soll ja ganz schön sein
Auch die Hotels un dat Essen
Is ja alles von früher
Un dat Spielcasino
Da waren doch früher immer de Russen drin
Die ganze Kaiserfamilie is doch da ein un ausgegangen
Un de eine war doch auch immer dabei
Wie hieß de doch de Clown
De mit de Zarin
De hatte immer so stechende Augen un son Kittel an
De hat doch damals ganz Rußland regiert
De Zar hatte ja nix zu sagen
Wie hieß de doch
De is auch später erdolcht worden
Der Fürst Jussupuff der hat den erstochen
In die ein Nacht
Rasputin
So hieß de
Der hieß wie e aussah sach ich immer
Nee
Baden-Baden wat soll ich da
Kann mir dat ma ein Mensch sagen wat ich da soll
Dabei wollten wer schon seit Wochen zusammen
    mit Haubrucks
In de Lüneburger Heide fahren
Dat Heidekraut un all die Bauernhöfe mal sehn
Nach Baden-Baden kann ich immer noch fahren
Später mal
Wenn man nich mehr so kann

Da fährt ma nach Baden-Baden
Magendurchbruch un so
Hab ich jetzt auch wieder erlebt
Hein Wefels
Magendurchbruch
Weiße wie dat geht
Von heut auf morgen geht dat
Die Ärzte kommen ja gar nich mehr mit
Aber in de Lüneburger Heide hab ich auch zu
unserem Erwin gesagt
Da fahr ich hin weil das auch geschichtlich
interessant is
All die Sachen damals
Die ganzen Schweden die da rüber gekommen sind
Ich mein
Da kann man ja jetzt nix mehr von sehen
Aber die müssen ja da gehaust haben
Da macht sich ja unsereiner gar kein Begriff mehr von
Ich sach immer
Dat war damals genau so schlimm wie heut
Als Kinder hamse uns immer gesacht dat wär
wegen de Religion gewesen
Heut weiß man dat dat et nich wegen de Religion war
Dat is heut genauso
Heut sacht man auch dat wär wegen dem un dem
Aber wenn wer mal 300 Jahre weiter sind
Dann is et wieder wegen wat ganz wat anderem
gewesen
Aber de Leut sind tot ne

Man kann ja heut hinfahren wo man will
Ich wollt auch immer mal nach Rom
Mal die ganzen alten Sachen da sehn
Aber da hat mein Frau gleich gesacht
Bleib ma schön hier da regste dich nur auf
All die kaputten Denkmäler
Aber man kriegt mal nen Überblick
Lissabon zum Beispiel möcht ich auch mal sehn
Aber da muß man ja wieder Sprachen können
Dat hätten wer in de Lüneburger Heide all nich
nötig gehabt
Ich hab gesacht jetzt fahrn wer überhaupt nich
Wir haben niemanden nötig niemanden
Wir haben nen schönen Garten und wennt nich regnet
Können wer da auch unser Baden-Baden haben
Un wenn jemand klingelt sin wer einfach nich zu Haus
Dann sind wer in Lissabon oder in Rom
Wat Haubrucks können dat können wir doch schon lang
Aber meinen Se vielleicht die machen sich so Gedanken
Wie ich jetzt
Nee
Die sitzen jetzt mit Kind un Kegel fein im Spielcasino
Oder gehn auf de Kurpromenade auf un ab
Baden-Baden dat is doch nix für Haubrucks dat is doch
Wat für pensionierte Oberbürgermeister
Wenn ich mir vorstell dat wer jetzt alle zusammen
In de Lüneburger Heide sitzen könnten
Da könnt ich also wirklich
Also ich weiß nich wat ich könnt
Is vielleicht auch besser so

Sonst würd ma sich womöglich
Noch versündigen
Nee
Aber ich hab mich ja jetzt schon damit abgefunden
Aber et kommt mir nich nochmal vor
Nich dat ich mich groß darüber aufreg
Et gibt ja auch noch andere Menschen
Ich sach sagen Sie mal sach ich
Wat sagen Sie denn dazu

Unser Erwin

Neulich hab ich doch der Sohn von Jacob Nepix
getroffen
Den kennen Se vielleicht
Der studiert ja jetzt in Münster Biologie
Un der hatte als Junge ja so wahnsinnig viel
Sommersprossen
und der hat mir gesacht die gehen jetzt vielleicht weg
die Sommersprossen
Wenn er Biologie studiert
Hat er mir gesacht

Ja ich sach Erich wie geht et denn
Gut
Wie weit bisse denn
Noch 2 Semester
Wie lang dauert das noch
Noch 1 Jahr
Ich sach guck mal an noch 1 Jahr wie die Zeit vergeht
Ja ich sach was willsse denn mal machen
Ja weiß ich nich
Ich sach geh mal in de Forschung
In de Forschung werden immer Leute gebraucht
Geh mal in de Forschung
Da guckt de Jung mich so nett an
De kann so nett verlegen lächeln

Dat gibbet ja heut auch nich mehr
Ich sach ja grüß mal schön zu Haus
Ich komm die Tage mal vorbei
Ich will ja mit de Vadder noch mal kegeln gehen.

Biologie!
Der weiß wat er will der weiß wat er will
Aber die müssen ja immer mit so Gummihandschuh
hantieren
Dat wär nichts für mich aber wenn er Spaß dran hat
Warum nicht wenn er Spaß dran hat
Die gehen ja mit so ganz kleinen Lebewesen um
Die sind so klein die können kaum existieren
Wie heißen die Dinger noch die kennen Sie auch
Robert Koch wie heißt dat Zeug Mikroben
Inne Biologie kann man anscheinend noch vorankommen

Wenn ich da an unsern Erwin denk
Vor ein paar Tagen kommt der zu mir
Und sacht er will jetzt Maler werden
Ich sach Moment mal dat hat doch gar kein Zukunft
Die Leut streichen sich doch heute alles selbst an
Nein er will Zeichner er will auf de Kunstschul
Ach so dann geh mal erst in die ein Oper
Wo se all erfroren sind
In Paris da oder wo dat war
Da gehsse erst mal rein
Kennen Sie auch die Oper berühmte Oper
Wunderbare Musik wunderbar
Da singen se immer so ganz hoch hihi

Wunderbar
Die müssen so hoch singen weil sie ja so frieren
Ja die haben doch das ganze Haus in Brand gesteckt
Nur um sich die Finger zu wärmen
Un die Frau ist am Schluß doch gestorben
Wunderbar wunderbare Musik
In die Oper La Boheme jetzt weiß ich die Oper wieder
Wunderbare Musik
In der Oper da gehsse erst mal rein
Ich sach kannst Du denn überhaupt malen
Das muß man doch erst einmal werden
Aber die meisten wollen ja heute gleich wat sein
 und dann erst wat werden
Ich sach was kost denn son Staffelei
Ja weiß ich nich
Ja damit fängt et doch erst einmal an
Man muß doch erst einmal das Handwerkszeug haben
 und dann kannze auch malen
Dann malst Du mir mal ein Stilleben
Stilleben will er nich
Ja ich sach dann malst Du mal so nette Tiere und
 so bunte Landschaften
Will er auch nich
Ja ich sach dann malst mal ein schönes Porträt
 von Tante Anna
Da freut sie sich ist ja schließlich Deine Patentante
Will er auch nich
Ich sach was willste denn malen
Ja das weiß ich nich dat will er dann auf der Kunst-
 schule erfahren was er malen soll

Ich sach ja ja
Un die Staffelei die Staffelei steht dann nachher inne
Waschküche rum

Das war damals mit dem Tretroller genauso
Ich sach komm mir bloß nicht nach Hause und hab so
ein Ohr ab wie der eine belgische Zeichner
Holländer oder wat er war
Vincent von Goch der mußte ja auch immer
zwischendurch inne Kohlengruben arbeiten gehn
Wenn sein Bruder ihn nicht unterstützt hätte
Hab ich doch alles gelesen
Mußt doch nich denken ich wüßt dat nich mach mir
doch nichts vor
Ich kenn doch die Brüder all ich weiß doch wie se all
heißen
Toulouse Lautrec Pizzaro Matritze hör doch auf
Bist ja wohl hier willst mich wohl für dumm verkaufen
Ne ne komm also
Van Gogh oder von Goch oder wie der heißt
Schneid der sich für sein Geliebte nen Ohr ab
Soviel Ohren gibbet ja gar nich
Obwohl die Bilder sind ja unbestritten wunderbar
wunderbar
Also die ein Sonnenblum wir haben auch son paar im
Garten wunderbar
Ich sach immer wie gemalt wunderbar also
Das muß man ja alles erst mal mitgemacht haben
Un wenn Du dann immer noch Maler werden willst
Dann werde ich mir dat mit die Staffelei mal überlegen

Warum willst Du nicht Schreiner werden
Tisch und Stühle werden immer gebraucht
Das ist Euch wohl nich vornehm genug Schreiner
Ja der Hans Bertram darf auch auf de Kunstschul
Ja der Hans Bertram der Vater is ja auch Arzt
Das hat doch damit
Das hat damit sehr viel zu tun
Die haben doch jetzt schon die ganze Wohnung voll
mit Bildern hängen
Von klein auf
Dat konnten wir uns früher nicht leisten
Da warn wer froh wenn wir ein paar Fotos hatten
Das darf ich ja niemanden erzählen
Der Jung will Maler werden
Nachher gehsse noch inne Südsee auf die ein Insel
un wir können Dir dann die Rückfahrkarte schicken
Ne ne komm also
Du malst mir jetzt erst mal ein schönes Stilleben
Dann guck ich mir dat mal an dann wern wir weitersehn
Wohin willst Du denn jetzt schon wieder gehn
Int Kino
Schon wieder int Kino warst doch gestern Abend im Kino
Kannst doch mal hier Fernseh gucken
Der Schirm ist ihm zu klein dat wär nich gut für die
Augen
Wat wird denn für ein Stück gegeben
Rio Granada
Brauchste gar nicht hinzugehen hab ich mit Dein Mutter
schon vor dreißig Jahren gesehen
Kenn ich in und auswendig dat kennen Sie auch

Dat is der berühmte Film wo se dat eine Fort an der mexikanischen Grenze so lang verteidigt haben
Sin alle umgekommen brauchse gar nich hinzugehen sind alle umgekommen
Da hat der eine Lange mitgespielt wie heißt de noch mal
Der is auch neulich gestorben Krebs ja Moment
John Wayne der Colonel hat da mitgespielt nich wahr sind alle umgekommen
Und da ist doch der mexikanische General Santa Anna
Der Film heißt ganz anders der heißt Fort Alamo heißt der und nicht Rio Granada
Ist der mexikanische General Santa Anna gekommen und am Schluß noch die Frau aus Philadelphia
Mit nem wunderbaren Hut auf
Aber sin all umgekommen
Ich sach komm nu geh mal int Kino
Du kannst es ja zuhaus doch nich aushalten
Die Kinder haben ja heut nichts mehr vom Leben
Ist doch so
Ich sach immer wir haben früher weniger gehabt und hatten doch mehr
Ich weiß auch nicht wie dat gekommen ist
Ja ja aber so hat jede Generation ihre Kindheit
Man kann da nichts überspringen
Jedes Leben fängt von vorne an und hört glaub ich auch von hinten auf
Und wat dazwischen liegt da simmer jetzt alle grad dran

♪ Hedwig

Hedwig hieß damals mein Kindermädchen
Sie schob mich im Kinderwagen durch die Welt
Meine Beine bis zu den Knien in Gips
Doch Hedwig hatte ein Kopftuch auf
Und lachte mit ihrem traurigen Mund
Und dann wurde ihr Kopf kugelrund

Hedwig fuhr mich durch Wiesen und Schlacke
Und zeigte mir Höfe und Zechen
Hedpich Hedpich rief ich dann immer
Denn ich konnte das W noch nicht sprechen

Und wenn sie lachte dann lachte ich mit
Und wenn ich weinte dann weinte sie auch
Sie war eine einfache Bergmannstochter
Eine von vielen für zwanzig Mark
Freies Essen und das für den Monat
Und sonntags hatte sie frei

Und wohnte in Meerbeck in der sogenannten Kolonie
Fünf Geschwister verdienten noch mit
Die Mutter hielt alles zusammen und sauber
Und der Vater ging in den Pütt

Hedwig Hedwig wo fährst du mich hin
Zu den Schwänen wohl auf dem Teich
Und die Schwäne kamen im Fluge herbei
Und waren so stolz und so bleich
Und wir fütterten sie und wir freuten uns
Vergaßen Welt und Gebrechen
Hedpich Hedpich juchzte ich dann
Denn ich konnte das W noch nicht sprechen

Manchmal hielt Hedwig den Kopf etwas schief
Und guckte mich lange an
Doch wenn ich dann Hedpich Hedpich rief
Fing sie wieder zu lachen an
Und fuhr mich nach Haus
Und trug mich hinauf
Wohl ganz bis unter das Dach
Denn mein Vater war wohl Beamter schon
Doch Geld warf man uns nicht nach

Bier und Aal gabs nur einmal die Woche
Wir hatten zwar mehr als Hedwigs Eltern
Denn die Beamten konnten sich damals schon ein
Mädchen leisten
Von ihren Anfangsgehältern

Und es fragt mich so mancher woher ich das hab
Was ich hier auf der Bühne so mach
Das kommt vom Lachen und Weinen mein Freund
Das kommt von den einfachen Menschen mein Freund
Ich hol das jetzt alles nach

Lise hieß eine Tante von mir
Sie rieb mit Franzbranntwein mich ein
Ihr Mann hieß Hein und spielte Klavier
Und hinkte auf einem Bein
Und war Schneider und lehrte mich zwischendurch
Gedichte auswendig lernen
Und freitags gabs Stockfisch
Und das Klo war auf dem Flur
Und es gab eine Waschbütt zum Baden nur
Und sonntags Vokabeln lernen
Und die Treppe hatte hundertzehn Stufen
In der Küche ein schäbiges Sofa
Doch das Haus voll Musik
Und die Leihbibliothek war gleich nebenan
Und ich las mich zu Tode
Wie man sich denken kann

Hedwig Hedwig wo fährst du mich hin
Zu den Schwänen wohl auf dem Teich
Und die Schwäne kamen im Fluge herbei
Und waren so stolz und so bleich
Und wir fütterten sie und wir freuten uns
Vergaßen Welt und Gebrechen
Hedpich Hedpich juchzte ich dann
Denn ich konnte das W noch nicht sprechen
Und die Schwäne kamen im Fluge herbei
Und waren so weiß und so gleich
Und wir fütterten sie und wir freuten uns

Und das alles machte mich reich

Lothar Trappmann

Was ist eigentlich
aus dem Lothar Trappmann geworden
Der war doch soviel ich weiß
Sie wissen das auch nicht naja
Die Eltern hatte ja so einen
kleinen Betrieb
Ich weiß noch genau
wir haben da früher immer gespielt
als Kinder
aber das ist ja jetzt schon
Die Mutter war ja sone kleine Untersetzte
aber zäh
Der Mann hatte ja nichts zu sagen obwohl
der hatte ja zuletzt auch diese Augenkrankheit
aber einen Blindenhund wollte de nicht
nix
Zu stolz der war zu stolz
und immer nervös
der knibbelte immerzu an den Fingern
da haben wir immer gesagt
Bald ist der Daumen ab
Un da kam der Lothar immer zu uns zum Spielen
Die Schwester hat ja dann dieses Lokal aufgemacht
»Zum schwarzen Adler«
Die wollten ja schon immer mal

so eine Wirtschaft aufmachen
aber der eine Sohn der is ja in Rußland geblieben
wegen der Schneeverwehungen
und da wurde das ja dann nichts
Die Mutter wurde dann ja immer kleiner
wir haben immer gesagt
(ham wir als Kinder immer gesagt)
Die trägt den Himmel auf ihren Schultern
Der Lothar hat das ja alles nicht mitgekriegt
Gott sei Dank
der wollte ja eigentlich Agronom werden
von zu Hause aus
und die hätten das ja auch alle gern gesehen
weil der Schwager hatte ja die Treibhäuser sowieso
schon aufgebaut in Scherpenberg
mit allem Drum und Dran
da war ja die ganze Landschaft drin vertreten
Ich habe ja immer gesagt
Der Lothar Trappmann
aus dem wird noch mal eine Koryphäge
Zuletzt soll er ja Oberaufseher gewesen sein
und zwar hieß es
Durch vielfältiges Vorzeigen
von erstaunlichen Fähigkeiten
auf dem Gebiet
auf dem gesamten Gebiet
der Kirchenmusik
Dadurch ist der Oberaufseher geworden
der hatte also
alle die Kranken und Verrückten unter sich

und war ja auch selbst manchmal
Kurz darauf soll er ja gestorben sein
Asthma
Aber das durfte ja keiner wissen
sonst hätte er ja die Stelle in Grafenberg
gar nich bekommen
der ist ja schon als Kind mit Asthma
auf die Welt gekommen
Ich habe den doch schon mit 7 Jahren gekannt
Da sag ich zu dem am Sonntag
Komma her Lothar
Kannst Du schon ne Kuselkopp
Ja
Ja dann mach ma einen
Fein
Kannze auch ne Kerze
Ja
Ja dann mach ma
Fein
daß Du das alles kannst
Hast Du denn kein Asthma mehr
Nö
Überhaupt kein Asthma mehr
Nö
Un da is mir ja erst aufgefallen
daß das ja niemand wissen durfte
das mit dem Asthma
Ja aber durch vielfältiges Vorzeigen
von erstaunlichen Fähigkeiten
auf dem gesamten Gebiet

der Kirchenmusik
und der Kirchenchormusik
hat der das alles überwunden

Un der konnte ja singen
der hatte ja eine Stimme
Sie
also wunderbar wunderbar
und der hat ja auch immer gesungen
wenn wir so zusammensaßen
dann hieß es immer
Lothar komm sing einen
und der wußte ja auch daß er gut singen konnte
trotz Asthma
und der ließ sich auch nicht lang zieren
der stellte sich in die Stube und sang
herrlich
Die ganzen Stimmen aus den ganzen
Chören mit seinem Tenor
Unser Kirchenchor
war ja unter Lehrer Heitkamp am besten
Das sagt aber auch jeder
Danach kam ja Rektor Schröter aus Dickscheheide
der war auch gut
aber da ist ja schon der Sopran
immer abgesackt
Ich sach
Unter Lehrer Heitkamp war unser Kirchenchor
am besten
was die jetzt singen weiß ich gar nich

aber einen Tenor wie den Lothar Trappmann
kriegen die nie wieder
Nie
Ich sag immer
Es kann nicht jeder alles wissen
ich bin ja damit fertig aber
und was ich nicht sehe seh ich nich
und die Gaststätte ist ja jetzt auch nicht mehr
überhaupt ist ja niemand mehr da
die sind ja alle
Eines Tages
das ging Schlach auf Schlach ging das
die Schwester war ja zuletzt noch in Dinslaken
da hatte die ne Tankstelle
mit Metzgerei
aber eigene Hausschlachtung ff. Wurstwaren
alles weg
alles weg
die hatte ja zuerst diese Bronchialgeschichte
is aber auf Trombose behandelt worden
wat ne Quatsch ne
Und da wo der alte Trappmann früher seine
Schlosserei hatte
da is ja jetzt Hosen-Herbert
alles nur Hosen
Djeans-Zenter
und daneben kommt jetzt ein Hochhaus mit
32 Stockwerken
Ich meine wer Spaß dran hat
und der Friedhof auch alles voll alles voll

ausverkauft sag ich immer
Die Wege kommen auch bald weg
Dann muß aufgestockt werden
is ja auch egal eigentlich
Ich frag mich ja
Ja – Nee
frag ich mich manchmal

Was sitzt eigentlich hier
Ich hab seit einiger Zeit so Last mit dem Zwerchfell
Das Zwerchfell un da geht ja die Speiseröhre
durch und wenn das Loch zu groß wird also da
wo die Speiseröhre durchgeht dann drückt sich
der Magen von unten da hinein und dann hab ich
diese Schmerzen also Sodbrennen mehr un dann hab
ich auch gleich Zahnschmerzen das hängt irgendwie
zusammen aber wenn ich dann aufstoßen kann
isset sofort weg automatisch ganz komisch

Am Niederrhein gibbet ja eigentlich nur drei
Krankheiten wenn einer wat ant Herz hat egal
wat dann heisset gleich der hat so Herzgeschichten
Die zweite Krankheit ist der hat so Last mit dem
Magen mach de Jung ma ne Kamillentee der hat so
Last mit dem Magen
Un die dritte Krankheit is eigentlich gar nix un
selbst wenn man sich en Arm gebrochen hat heisset
Das sind die Nerven
Oder neuerdings sagen se auch
Das is de Stretsch

Ja aber es kommt ja alles zu spät sach ich immer sehn Se mal schon das Altertum is ja schon zu spät gekommen un auch de Sozialismus so schön e ja is kommt auch zu spät

Durch vielfältiges Vorzeigen
von erstaunlichen Fähigkeiten
auf dem gesamten Gebiet
der Kirchenmusik
einerseits böhmisch
andererseits niederländisch
ist das alles
hat sich das alles
ist das alles mit äußerster Langmut
zu Ende gespielt worden

Niederrheinische Liebe

Also da wo ich zu Haus bin oder war
Is ja bei den meisten Menschen so
Ers is man zu Haus und später dann zieht man weg
Also bin un war
Et gibt ja auch welche die bleiben ihr Leben lang
Zu Haus
Also immer bin
Aber bei mir war dat wie bei den meisten
Also bin un war
Un da wo ich zu Haus bin oder war (alles klar?)
Da wird sich ja über Liebe kaum unterhalten
Dat mag vielleicht heut anders sein
Ich weißet nich
Aber seinerzeit zu meinerzeit da war dat so
Da hatte das einfach so zu sein
Da mußte man sich selbst zurechtfinden
Un dat ham wer dann ja auch gemacht
Mehr oder weniger

Ich mein gut
Et gibt ja Leut die sich lieben
Aber nich zueinanderpassen
Un Leut die zueinanderpassen
Aber sich nich lieben
Dat muß ja alles erst mal geübt werden

Sach ich immer
Un dann sind et ja auch Gewohnheitsdinge
Wenn sagen wer mal einer
Jetzt mal als Beispiel
Wenn einer sagt er kommt um 7 Uhr na Haus
Un et Essen steht schon auf dem Tisch
Sie wissen ja wie dat is
Un er kommt dann erst um 9
Ja da macht man sich doch Sorgen
Ob was passiert is
Macht man sich doch Sorgen
Un wenn einer sich so sorgt um den anderen
Dann ist dat Liebe
Oder nich
Ja ich weißet nich
Ich frag ja nur

Wenn ich zum Beispiel sag
Ich bin um 6 Uhr zu Haus
Un komm dann erst nachts um 2
Dann ist dat Liebe
Obwohl et dann natürlich Streit gibt
Aber eben wegen der Sorgen die man sich macht
Wegen der Sorgen

Ich hab dat ja schon öfter gemacht
Obwohl ich immer gesagt hab
Dat kommt nie mehr vor
Bums
Am nächsten Tag kam wieder wat dazwischen

Un ich kam wieder zu spät
Aber wenn mein Frau dann aufsteht
Un kocht mir auch noch nachts um 3 en Kaffee
Dann is dat
Wie heißet so schön na jetzt komm ich nich drauf
Dann is dat
Bis daß der Tod euch scheidet

Umgekehrt natürlich auch
Dat darf man nicht einseitig sehn
Heut schon gar nicht
Um Gottes willen
Wenn mein Frau sagt ich komm um 7 Uhr wieder
Un kommt dann erst um 8
Da geh ich doch gar nich na Bett
Da bleib ich doch auf un mach mir Sorgen
Und wenn se dann um 8 oder auch erst um 10 nach 8
kommt
Dann is ja gut sag ich dann immer
Hauptsache is nix passiert
Obwohl man dat ja nich weiß
Ob nich doch wat passiert is
Aber dat geht einen ja auch nix an
Dat is dann echte Liebe

Oder sagen wer so
Wenn man et weiß
Aber so tut als wenn man et nich wüßte
Dat is dann die Diskretion

Ich mach doch auch keine fremden Briefe auf
Nix
Selbst ma angenommen
Ich würd meiner Frau mal en Brief schreiben
Mal angenommen
Un ich käm jetzt eher nach Haus plötzlich
Als de Brief ankäm
Den mach ich doch nich auf
Geht mich doch gar nix an
Obwohl ich weiß wat drin steht
Geht mich doch erst recht nix an
Dat is eben der Takt
Kennen Se de nich
De heißt so
Takt

Un wenn mein Frau krank is
Geht bei uns sowieso alles drunter und drübber
Aber dat geht auch wieder vorbei
Wat von selbst kommt geht auch wieder von selbst
Da hab ich schon viel Geld mit gespart
Da hab ich schon manche Grippe mit kurz un klein
gekriegt
Können Se sich mal merken
Is en altes niederrheinisches Rezept
Wat von selbst kommt geht auch wieder von selbst
Sie glauben ja gar nicht wat bei uns schon alles
Von selbst vorbeigegangen is
De Riesen-Tamtam der ganze Zinnober am Anfang
Mit ewig un nie un nie un ewig

De geht ja am schnellsten vorbei
De erst Krach sach ich immer de is entscheidend
Wenn man dann schon gleich die Flinte ins Korn
Is ja schon Hopfen un Malz
Bei de Filmschauspieler da is dat ja oft so
1. Mal vertan
2. Mal vertan
3. Mal vertan
4. Mal vertan
5. Mal vertan
Un dann isset Leben aus
Is logisch ne
Obwohl et ja auch wirklich Leut gibt
Die sich wirklich vertuen
Dat muß man dann auch akzeptieren
Wie bei uns nebenan der Heinz Haubruck
Ich weiß nich ob Se den kennen
Besser nich
Ja nach 8 Monaten geschieden
Obwohl es eine Neigungsehe gewesen sein soll
Aber de arme Jung war eben andere Gewohnheiten
    gewohnt
Die Kinder bei uns am Niederrhein sag ich immer
Die kommen ja all von ihr Mutter nich los
Die würden ja all am liebsten ihr Mutter heiraten
Dat geht ja nun nich
Hab ich auch neulich zu unserem Erwin gesagt
Ich sach komm mir nur nich mit son Mädchen nach Haus
Dat aussieht wie dein Mutter
Die arme Dern kann einem ja jetzt schon leid tun

Un dann sind es ja auch nicht zuletzt die Herzensfragen
Ob einer wirklich sein Herz verschenkt
Wie ja im Radio immer so schön gesungen wird
Oder ob er sich dat andere Herz einfach nur so einverleibt
Heut is dat sowieso alles viel schwieriger als früher
Die Kinder wissen doch oft gar nich watse sich antun
Haben ja auch kein Geduld
Ja zu Liebe gehört auch Geduld ja sicher

Ich bin ja vielleicht hie un da en bißken altmodisch
Aber et fällt mir heut noch nich im Traum ein
Zu meiner Frau zu sagen
Zieh doch mal en ander Kleid an
Obwohl se dann nach 6 Wochen sagt
Ich hätt doch mal wat sagen können
Ob mir dat Kleid gefällt oder nich
Nix
Keine Bevormundung
Da beiß ich mir lieber de Zung ab

Is ja bei uns alles eingespielt
Schon seit Jahren
Dat sind ja jetzt immerhin
Moment nich daß ich lüge
Vor 5 Jahren hatten wer Silberne Hochzeit
Ja dat muß erst mal einer nachmachen heutzutage
Ich schreib ja niemanden wat vor
Aber wissen Se wat ich immer sach
Ich sach immer so
Wenn man sich keine Erinnerungen tagtäglich schafft

Dann kann man sich auch nich erinnern
Obwohl dat et Schlimmste is
Un et Schönste
Dat is ja dat Schlimme

Ich sag immer
Wir sterben all an Erinnerung
Dat is son niederrheinische Krankheit
Dat andere is ja organisch
dat kennwer ja
Aber et is ja auch schön wenn man am Schluß
So organisch zusammen auf de Bank sitzt
Am Lebensabend
So wie die zwei wie heißen die
Die spielen immer in dem berühmten Stück mit
Da sitzen die am Schluß immer auf de Bank
Wie heißen die noch
Griechisch
Philemon und Baucis

Dat ist dann Liebe

Ich glaub vorher weiß man dat gar nich wat dat is
Aber dann weiß man dat
Un dann geht et ja auch nich mehr lang
Dat weiß man dann auch
Un wenn man dat beides zusammen weiß
Zusammen
Dat is dann die große Liebe
Aber ob ich so weit komm
Dat weiß ich nich

♪ Kies de Flappmann

Das Wort Kies gehört übrigens nicht etwa zum
Kommerz-Slang wie diese entsetzlichen Worte
Moos oder Piepen Kröten oder Kohlen
Sondern ist nur die verkürzte Form von Kigges
Kommt also von Kieken Gucken Sehen Schauen
Und heißt genauso viel wie Kumma
Also Guck mal oder Sieh mal oder vornehmer
Schau mal

Schau mal Dieter wir wollen jetzt noch den
Anbau umbauen
Un hier soll die 2. Garage hinkommen
Un da soll unser Ulli dann sein Studierzimmer haben
Und da vielleicht noch für Christine einen kleinen
Raum wenn mal Besuch kommt
Schau mal dann hätten wir nämlich hier noch für uns
genuch Platz für sone Art Loggia
Un da drüben würde dann für Fritz noch ein weiterer
Büroraum rausspringen

Also: Schau mal
heißt so viel wie
Kies

Flappmann
heißt so viel wie Flabes
un Flabes sagt man für einen der son bißken verrückt ist
oder auch eingebildet oder übergeschnappt
jedenfalls merkwürdig
und manchmal auch eigenwillig
oder hochgestochen
oder auch eigensinnig
also von eigenem Sinn

Kies de Flappmann
Jetz hätte gelbe Schuh an
Un an beide Händ
Ne Siegelring
Aber meinze vielleicht de hätt mich noch gekannt
Nee ich segg jo et ös en Schand

Kies de Flappmann
Mit dat bunte Hemp an
Un dann mit den
Großen Hunde pinkeln gehn
Un dann et Bein nich heben können ne ne
Nee ich segg jo ma muß auch gönnen können

De stand bei Kasper immer an de Thek
Schon morgens bevor er int Büro ging
Un Owes fing bei dem de Tach ers an
Nee ich segg ja et ös nen Hampelmann

Kies de Flappmann
Wie de wiedder rumlöpp
De brennt sich selfs sein Haar
Mit son Scher
Ma drauflos gelebt un nix anne Föß
Nee ick segg jo wenn dat sin Moder wöß

Die Moder war son brave Dern
Un de Vader ö döchtige Kerl
Un de Jung wird Lebemann
Nee ick segg jo ick segg jo et geht mich ja nix an

Kies de Flappmann
Mit sein Pletschkapp
Un de Schaal de hätte
Ok so umgeschlungen
Ich frach mich nur wo hätt de Jung dat her
Nee ick segg jo ick segg jo et ös nix mehr

Kies de Flappmann
Önne Wichtigtuer
Der hat doch überall
Auf Pump gelebt
Un de sein Weiberkram dat war doch stadtbekannt
Nee ick segg jo ick segg jo et ös en Schand

Mit sein Schwester war doch au nich viel mit los
Die is doch mit de Pattbergs Jung gelaufen
Die war doch mehr in Krefeld als zu Haus
Nee ick segg jo ick segg jo ich halt mich da schön draus

Kies de Flappmann
Jetzt solle ja so krank sein
Aber schad nix
Dat is manchmal ganz gesund
Sons kriech de noch de Hals zu voll
Nee ick segg jo ick segg jo wo dat noch enden soll

Wir waren dem doch all nich gut genuch
De war doch schon als Jung so überspannt
Da ging de schon in Rheinberch auf de Jachd
Nee ick segg jo ick segg jo ich hab ja nix gesacht

Kies de Flappmann
Mit sein Stronztuch
Un dann in Düsseldorf
Den großen Herrn markiert
Aber meinze de hätte mich mal mitgenommen
Nee ick segg jo ick segg jo de brauch mir nich
zu kommen

Aber waach mans
De kömp wer
Un dann sähte
Hasse nich en Butterramm
Un dann will man dann auch wieder nich so sein
Denn wir sind ja all Gesox vom Niederrhein
Un ich segg jo se kriegen uns schon klein
Denn wir sind ja all Gesox vom Niederrhein

Nachfeier

Onkel Eberhard hat doch noch sechs paar Schuhe
Und noch vier Anzüge
Und bei dem Gehalt bei der Pension damit kann
Milli doch wohl auskommen
Der Pfarrer ist auch da
Wir singen nun liebe Freunde Lied 57 Vers 1 und 4
Wer spielt denn das Harmonium oder was das ist
Erwin hat doch auch so eins ach was Erwin hat
doch ein Spinett
Von ihrer Seite sind ja viel mehr da
Man muß auch mal wegen der Möbel fragen aber
doch nicht jetzt
Die andern fragen ja auch nachher ist wieder alles weg
Wenns nach Dir geht kriegen wir überhaupt nichts
vorgesmal auch
Onkel Eberhard hat auch noch den alten schweren
Eichentisch und den ganz neuen Ölofen fällt
mir grade ein
Dann spricht der Pfarrer
Ich darf vielleicht liebe Freunde daran erinnern daß
wir gerade in diesen Tagen mit einer Kollekte
für den neuen Kindergarten begonnen haben
Und Onkel Eberhard hat noch zwei neue Hüte
Tante Milli hat sie mir schon im vergangenen
Jahr versprochen fest versprochen in die Hand

Die Kränze waren ja nicht doll oder
Also ich hab schon schönere gesehn
Also gefroren hab ich in der Kapelle also sowas von
gefroren sag ich Dir
Wer ist denn die da drüben mit dem Knoten
Das muß von ihrer Seite sein ich kenn die Leute ja
gar nicht
Ich hab mir noch das Kleid extra ändern lassen
Das war der Rektor der so schön geschrieben hat acht
Seiten ein feiner Mann und gar nicht eingebildet
soll man gar nicht sagen so ein feiner Mann
Nu geh doch mal zu Tante Milli die sitzt ja ganz
allein da
Der Pfarrer ist doch dabei
Was wird der schon sagen
Also ich kann da auch nichts sagen
Kannst ja nur mal hingehn das gehört sich doch
wohl so
Also die hat sich vielleicht vorgedrängelt als wenn
se selbst im Sarg gelegen hätt
Wir singen nun liebe Freunde Lied 57 Vers 2 und 5
Komm sing
Ich kann doch nicht singen
Hier Noten einfach rauf und runter
Was macht eigentlich Gerda

Da

Nun ists passiert pass doch auf Menschenskind de
ganze Kaffee über mein Kleid war doch Zucker drin
dat geht doch nich raus also soowas

Kumma wie dat jetzt aussieht also furchtbar
man kann dich wirklich nirgendwo mit hinnehmen
Kumma hier wie dat jetzt aussieht hätte ich mir ja
denken können wo ich mich so gefreut hab
kommt man einmal im Jahr zusammen also wirklich
wo ich mich so gefreut hab nächst Mal geh ich allein
Man kann sich doch wohl einmal zusammenreißen
die andern machen et ja auch nich
man meint ja fast du tus sowat mit Absicht
bis ja schließlich kein Kind mehr also da kann ich
mich kriminal drüber ärgern vorges Mal auch
da brauchse gar nich so zu gucken
Also wenn ich das gewußt hätt hätt ich mir ja denken
können die ganze Beerdigung wieder im Eimer
Ja es tut mir leid es tur mir leid
da kann ich mir nix für kaufen für es tut mir leid
Kumma wie dat jetzt aussieht dat schöne Kleid
also furchtbar
Tus ja grad so als wenn et bei uns zu Haus kein
Kaffee gäb hass doch schon 4 Tassen getrunken
kanns immer de Hals nich voll genug kriegen
dat sind wir von zu Haus aus nicht gewöhnt
da kann man reden un reden un reden
Muß doch nich immer erst einer sterben bis Du
dich zusammenreißt kann man ja en Wecker nach stellen
Ja mach Dich nur lustig mach Dich nur lustig
Hauptsache wenn Du Dich nur lustig machen kannst
is doch wahr
Ich bin weiß Gott nich nachtragend
Da kann ich mich nich drüber beruhigen

Wenn ja der Lungenspitzenkatarrh nicht noch
dazugekommen wäre
Ich hab ja schon im vergangenen Jahr hab ich schon
gesagt
Eberhard hab ich gesagt da hab ich Zeugen für
Eberhard geh nach Oynhausen
Die Ärzte habens ja alle gewußt ja die habens ja alle
gewußt
Ich hab doch noch vor drei Wochen mit dem
Internisten gesprochen
Also Oma hat sich ja nicht verändert wie sie dasitzt
wie ein junges Mädchen 93 Jahre muß man sich
mal vorstellen da kann sich mancher von uns
noch ne Scheibe von abschneiden
Und der Internist das is ja jetzt der junge
Dr. Brüggemann
Der alte is ja auch neulich gestorben
Also der hat zu mir gesagt mein lieber Herr
Rodenbach also mit Ihrem Schwager
Da wußt ich schon Bescheid wie der mich angeguckt
hat wußt ich schon Bescheid sagen tun die ja nix
Da hab ich noch gleich zu Hilde gesagt also mit
dem Eberhard
Da sagt Hilde noch mach doch keinen Blödsinn
sagt Hilde noch so
Jaaa man steckt ja nicht drin
Zu Erde sollst du werden sag ich ja immer

Onkel Eberhard hat ja auch noch das schwarze
Klavier da stehn
Also das hätt ich ja liebend gern für unsern Helmut
wo der jetzt ja grade in die Schule kommt
Die Milli ja was macht nun sone Frau furchbar furchbar
Ich darf gar nich dran denken
Wer bezahlt eigentlich hier das ganze den Kaffee
und den Kuchen
Weiß ich doch nich
Na dann will ich mal noch en Stück essen
Nun geh doch mal zu Tante Milli wer weiß wann
wir hier wieder zusammenkommen
Karl nimmt uns mit und was ist mit Hermine
Ja ich glaube die fährt mit Paul
Der Omnibus kommt ja auch noch was das alles kostet
Also für mich braucht ihr das nicht zu machen
Für mich auch nicht
Der Eberhard hat sowieso nichts mehr davon
Ich lege auch keinen Wert darauf
Is eigentlich der Kuchen aufgegangen ich meine da
könnte man ja vielleicht noch was für die
Kinder mitnehmen
Nun geh doch mal zu Milli
Die is doch schon weg
Ach so ja dann kann ich et auch nich ändern
Also dann tschüß
Bis zum nächsten Mal

Moerser Register

Wenn ich dat hier alles erzähl
Dann sagen die Leut immer
Aber in Wirklichkeit stehn Sie doch da drübber
Oder sagen wer in einem gewissen Abstand
Nee sach ich
Ich steh immer mitten drin
Denn wenn man nich mitten drinsteht
Kann man auch keinen Abstand gewinnen
Und wenn man von vornherein Abstand nimmt
Oder Abstand gewinnen will von vornherein
Dann kommt man ja nie mitten drin
Aber viele sehen dat ja auch wieder anders
Und sollen et auch anders sehn
Ich hab immer gesacht
Jeder soll alles anders sehen können dürfen
Un nich sehen sollen müssen
Dat is doch dat ganze Dilemna
Oder heißet Dilemma
Ich verwechsel dat immer mit
Missa solemnis
Ja da heißet lemnis
Un da heißet lemma
Komisch
Aber wenn man et einmal weiß
Dann is et ja gut

Ich war ja neulich auch int Krankenhaus
In St. Bethanien
Da hab ich auch zu Oberschwester Lene gesacht
Wenn man et einmal weiß dann is ja gut
Ja sachtse da haben Se auch recht
Im Stillen hab ich ja gemerkt
Dat se mich nur loswerden wollte
Für so Töne hab ich ja en Ohr
Aber die müssen ja auch viel sehn so Schwestern
Kein Wunder dat die all so hart un streng aussehn

Da war auch grad en Gesangverein auf der Station
Die sangen dat berühmte von Mozart
Schlafe mein Prinzchen schlaf ein
Aber dat stimmte gar nich
Da war nämlich grad en Kind geboren worden
Ich hab ja kein Angst vor so Schwestern
Früher hab ich immer Angst davor gehabt
Aber heut könnt ich die all in Grund und Boden
philosophieren
Ohne dat die et merken
De Ketels Jung de lag da auch
De war ja inne Fremdenlegion
Is ja jetzt rausgekommen
De Vater hatte ja früher in Friemersheim die große
Zigarillofabrik
Hochverschuldet später
Aber die Kinder waren alle musikalisch
Denen konnte man morgens ne Flöt in die Hand geben
Abends konnten die Flöt spielen

Oder denen brauchte man nur 3 Töne auf de
Mundharmonika vorzuspielen
Dann konnten die gleich dat ganze Stück
Die sind ja auch alle wat geworden
Bis auf den einen
Der hatte ja en Mädchen in Aldekerk
Aber die Eltern wollten das nicht oder wie oder was
Un da
Jedenfalls eines Tages war er wech
Ja de liegt auch bei Schwester Lene
Der sieht aus also furchbar

Sehn Se mal
Ich bin ja so stolz auf meine Großväter
De eine war ja Gastwirt wie gesacht
Un de andere war Gelegenheitsfuhrmann
Auch da wieder:
Der eine groß un en bißken herrisch
Mit sonne dunkle kurzgeschnittene Vollbart
Un de andere klein un gedrungen
Da meinte man immer der hat gar keinen Hals
Un immer gebückt
Immer gebückt
Selbst im Sitzen gebückt

Ja et gab ja damals schon die
Wie heißen die Dinger
Na
Diese soziologischen Zwänge
Von denen se heut ja so viel reden

Un dat andere
Ma gucken ob ich et noch zusammenkriech
Diese
Diese anthropologischen Konstanten
Die gab et damals auch schon
Und auch die eigentlichen Ursachen
Et wird ja heut so viel von den eigentlichen Ursachen
Überall geschrieben
Hab ich doch neulich wieder gelesen
Da stand:
De Film de Film de Film
Jetzt hab ich dreimal de Film gesacht
Et gibt ja auch Schauspieler die sagen
Fünfmal hintereinander Ich
De Film war gut
Ging aber an den eigentlichen Ursachen vorbei
Tja
Ich weiß nur dat man von den eigentlichen Ursachen
Immer so Falten um de Augen rum kriecht
Un später auch so um de Mund herum
Wie bei de eine Filmschauspieler
Wie hieß de doch
Spencer Tracy
De lebte ja mit die Katherine Hepburn zusammen
Nich verheiratet
So wie bei uns de Lehrer Achterberg
Au nich verheiratet
Aber sieben Kinder
Ja mein Gott
Immer noch besser als allein gelebt

Sach ich immer
Wie ich gestern so mit dem Zug über Land gefahren bin
Da sah ich auch de Bauer
Ganz allein auf em Feld
Manchmal hat de noch sein Pferd dabei
Wenn dat Pferd wenigstens noch sprechen könnt
Dann könnten die beiden noch ab un zu en Quätschken
Halten
Aber so weit sin mer ja noch nich
Wissenschaftlich

Mein Mutter is ja am Bierkran großgezogen worden
Das hat man ganz selten
Da kriech ma auch so dunkle Augen von
Ich bin ja eigentlich manchmal Kommunist
Un dann bin ich wieder genau et Gegenteil davon
Un dann davon wieder et Gegenteil
Wenigstens so ungefähr
Mit mein Christentum is dat genauso
Ich bin immer genau dat Gegenteil von dem
Un dann nochmal dat Gegenteil un dann nochmal
Bis ich an de wahre Kern komm
Sokratisch nennt man dat
Ich mein in den besseren Kreisen

Roßmüller Wilhelm
Kohlenhandlung reiche Leut Schützenkönig
Klumpen Albert
De lebte in Hülsdonk
Hüsken Wilhelmine

Die war Näherin un Büglerin
Besonders für steiwe Kragen
Kaschade Dr.
Den haben se 33 in Schutzhaft genommen
De liegt direkt neben dem Ehrenfriedhof
Kampmann Paul
De hatt glaub ich in Hochstraß ne Wirtschaft
So mit Girlanden
Vorgang Fritz
Konditor
In dem Café verkehrten meist die vornehmen Leut
Küppers Helmut
Gefallen
Möhlendick Hans
De war Bote bei de Sparkass
Der hatte nur einen Arm mit son Fleischerhaken dran
Imhorst Trautchen
Die war Verkäuferin bei Schulz groß Stoffgeschäft
Kleider un Nachthemden un Pantoffeln
Also fast alles
Angerhausen Ernst
De war Friseur
Der kam auch int Haus wenn man
Schlimm krank war
Bis zuletzt kam de int Haus
De sachte immer
Wenn ich nich wär könnt er euren ganzen
Niederrhein zumachen

Der Birnbaum im Hof
Und die Treppe im Hausflur
Im Garten die Kirschen
Die Pappeln im Wind
Das Haus mit dem Erker
Die Straße nach Schwafheim
Wer weiß wo die Menschen
Von damals jetzt sind?

♪ Walzer vom Leben

Ich spiele soeben
Den Walzer vom Leben
Weiß nicht mehr genau
Was das ist
Ich lache und weine
Weiß nur das eine
Weiß nicht mehr genau
Was das ist

Die Tanten in Xanten
Und ihre Trabanten
Reden höchst simultan
Die Geistesverwirrten
In Bedburg und Birten
Ziehn introvertiert ihre Bahn

Als Mond in den Kneipen
Ertrinken zu müssen
Liegt keineswegs weit ab vom Weg
Als Pferd zwischen Sonsbeck
Und Kalkar zu leben
Ist auch ein beliebter Beleg

Ich spinne und übe
Ich hasse und liebe
Weiß nicht mehr genau
Was das ist
Ich tanze und spiele
Denke und fühle
Weiß nicht mehr genau
Was das ist

Der Herzog von Wesel
Zieht seinen Esel
Alleine über den Sand
Der Lieblingseleve
Der Fürstin von Kleve
Hat bis heute den Schwan nicht gekannt

In Schenkenschanz und
Auf den Feldern vor Geldern
Schleicht morgens der Nebel an Land
In Walsum und Hamborn
Stehn Väter und Söhne
Und stecken den Rhein nachts in Brand

Ich esse und trinke
Rufe und winke
Weiß nicht mehr genau
Was das ist
Ich hör von Begriffen
Von Tricks und von Kniffen
Weiß nicht mehr genau
Was das ist

Mit Schiffermütze
Und halblanger Jacke
Die Tasche mit Schnaps unterm Arm
So geht man in Homberg
Über die Brücke
Und hofft daß Gott sich erbarm

Das Wetter schlägt um
Und wir geben uns Mühe
Die Oma sieht gar nicht gut aus
Die Katzen und Hunde
Und Schafe und Kühe
Die nehmen wir all mit ins Haus

Ich klage und schreie
Bin still und verzeihe
Weiß nicht mehr genau
Was das ist
Ich rede und schreibe
Gehe und bleibe
Weiß nicht mehr genau
Was das ist

Den geistigen Menschen
Als Nabel zu küren
Welch Unsinn und schöner Betrug
Das Alter nun
An den Baumrinden spüren
Ist endlich Selbstwert genug

Ei darum erklingt ja
Musik auf der Erden
Aus Tollwut und Trübsinn gemacht
Damit uns wenn wir
Dann weniger werden
Das Herz nicht erfriert wenn es lacht

Genommen gegeben
Gegeben genommen
Das ist der uralte Kreis
Vergehen verkommen
Verkommen vergehen
Ist alles was ich genau weiß

Ich spielte soeben
Den Walzer vom Leben
Versuche zu schweben
Und weiter zu leben
Versuche zu leben
Und weiter zu schweben
Soeben zu leben
Soeben soeben
Soeben

Nacht zusammen

De Stadtgraben haben se zugeschütt
Un die Schwän abgeschafft
Un de Altstadt sind se auch am zerstückeln

Aber als noch der dicke Holtmann
Im Blauen Affen
Auf dat alte Klavier rumklimperte
Un man bei Imhorst von de Schul aus
Noch Studentenfutter kriegen konnte
Un wir in de Schloßpark
Einfach so auf de Bank saßen un Lakritz kauten
Un Schäumkes zogen aus so kleine Fläschkes

Un als noch Ass Düntschen
Der hatte son Augenklapp wie ne Pirat
Zu uns sachte
Nu geht ma nach Haus

Da waren wir eigentlich überall
In Amerika un in Rußland
In de Wüste un auf dem einen Ozean
Wo immer de Rhein reinfließt

Heut is doch die Welt mit Brettern zugenagelt
Weil man überall hinkann
Un doch nirgends is

Meinzeit
Als noch de Kopp voll krumme Gedanken war
Da waren wer eigentlich älter als heut
Aber wat willze machen
Morgen fracht da kein Mensch mehr nach
Aber vielleicht frachse dich mal selbst
Bevor de nach Bett gehst
Wie et dir geht
Dann kommsse schon wieder en Stücksken weiter
Un sach ich hätt et gesacht

Nacht zusammen